Ferris
Superstar

Irene Zimmermann

FERRIS

Superstar

Illustrationen
von Stefanie Jeschke

orell füssli
KINDERBUCH

Irene Zimmermann
Ferris
Superstar

Illustrationen: Stefanie Jeschke
Projektleitung und Redaktion: Ulla Behrendt-Roden,
die programmwerkstatt
Lektorat: Diana Steinbrede
Satz und Layout: Tanja Haaf

Orell Füssli Kinderbuch Verlag
www.ofv.ch
© 2020 Orell Füssli Sicherheitsdruck AG, Zürich

Bibliografische Information der Deutschen Nationalbibliothek
Die Deutsche Nationalbibliothek verzeichnet diese Publikation
in der Deutschen Nationalbibliografie; detaillierte bibliografische
Daten sind im Internet über http://dnb.de abrufbar.

Druck und Bindung: Westermann Druck Zwickau GmbH

ISBN 978-3-280-08018-4
1. Auflage 2020

Inhalt

FERRIS

Hausbesetzer einer verlassenen Villa mit unerschöpflichem Heringsdosen-Vorrat, Möchtegern-Autor und Chefkatze des Viertels.

Auffällige Kennzeichen: Extrem faul, Rechts-Links-Schwäche und fast immer hungrig.

UWE

Hibbeliges Eichhörnchen mit abgeschlossener Ausbildung (Note 1) zum Sicherheitsbeauftragten. Sorgt für Ferris' Schutz in der Villa.

Auffälliges Kennzeichen: Siebter Sinn für echte und eingebildete Katastrophen.

RÜDIGER

Gutmütiger Waschbär mit Hausmeisterdiplom und Kenntnissen in Balletttanz. Hält die Villa in Schuss.

Auffällige Kennzeichen: Neigt zum Kaputtreparieren, liebt Schaumbäder und Snacks.

MARLENE und ALICE

Zwei kleine Mäuse, für Ferris als Dosenöffner tätig. Nebenjob in der *Magic-Maus-Disco*.

Auffälliges Kennzeichen: Traum von großer Karriere als Ballett-Tänzerinnen.

JENNY-LOU
Durchtrainierte, coole Wanderratte mit Rastazöpfchen, nachtaktiv und Betreiberin der stadtbekannten *Magic-Maus-Disco*.
Auffällige Kennzeichen: Äußerst anpassungsfähig und organisationsstark.

JONNY
Großer schwarzer Rabe, Freund von Jenny und geschäftstüchtiger Gründer des Startups *Jonnys Lufttaxi – fix wie nix*.
Auffälliges Kennzeichen: Immer gut informiert.

QUEEN
Eingebildete, verwöhnte Katze aus angeblich altem Katzenadel, macht Ferris ständig seinen Rang als Chef streitig.
Auffälliges Kennzeichen: Geht nie ohne Handtäschchen aus dem Haus.

OTTI KNIRSCHKE
Ehemaliger Matrose, Nachbar von Ferris und stolzer Besitzer eines alten Traktors mit Anhänger.
Auffällige Kennzeichen: Liebt seine Spielzeugeisenbahn und die Kohlköpfe im Garten.

Überraschung

DONG! ... DONG! ... DONG! ... Mit gespitzten Ohren zählte Ferris die Schläge der Kirchturmuhr mit. »Na endlich!«, rief der große dicke Tigerkater, als die Uhr zum sechsten Mal schlug. Mitten auf der Straße wendete er sein rostiges Motorrad und düste – in den letzten Strahlen der untergehenden Sonne – vergnügt nach Hause. Denn dieser Tag war ein ganz besonderer Tag. Beim Frühstück hatte er nämlich beschlossen, Geburtstag zu haben.

Das hatte sein Personal ihm auch sofort abgenommen. Uwe, das hibbelige Eichhörnchen, das für die Sicherheit in Ferris' Villa verantwortlich war, hatte vielsagend genickt. Und die grauen Mäuse, Alice und Marlene, die fürs Essen zuständig waren, klatschten einander ab und strahlten vor Freude. Die beiden liebten nichts mehr als Geburtstagsfeiern! Sein Hausmeister Rüdiger, ein behäbiger Waschbär mit zerzaustem Fell, hatte irgendetwas von *Überraschung* gemurmelt, und auf einmal taten alle sehr geheimnisvoll. Ferris wusste natürlich sofort weshalb: Sein Personal würde eine grandiose Geburtstagsparty auf die Beine stellen. Kein Wunder, dass er mächtig aufgeregt war. Zum allerersten Mal in seinem langen Katerleben würde er Geburtstag feiern. Und wie!

Voller Vorfreude legte er sich in die nächste Kurve. Doch er bog nicht in den Schwalbenweg ein, wo die alte Villa stand, in der er sich eingenistet hatte. Stattdessen zuckelte er noch ein bisschen bergauf, bergab. Denn keinesfalls wollte er zu früh auf seiner Überraschungsparty eintreffen. Erst als es vom Kirchturm halb sieben schlug, gab er Vollgas: ein Mal, zwei Mal, drei Mal … vergeblich! Der Motor stotterte noch ein wenig, das Motorrad rollte langsam aus. Und das war's dann auch. Aber an diesem Tag konnte nicht einmal ein leerer Tank Ferris' gute

Laune trüben. Er zuckte lediglich mit den Schultern und schob das Motorrad ächzend den steilen Hang zum Schwalbenweg hoch. Bis ihm auf halber Strecke etwas Rotbraunes mit hellblauer Sicherheitsweste und Helm entgegenkullerte und aufgeregt stotterte: **»KA-KA-KA-KATASTROPHE!«**

Uwe! Sein Sicherheitsbeauftragter, der immer und überall Katastrophen witterte, wo überhaupt keine waren. Haarscharf vor dem Motorrad kam er wieder auf die Beine, rückte mit beiden Vorderpfoten energisch seinen Helm zurecht und wiederholte: **»KA-KA-KA-KATASTROPHE!«**

Ferris schüttelte den Kopf. »Alles. Gut.« Er keuchte, denn vom Schieben war er völlig außer Puste. »Ich. Kümmere. Mich. Darum.«

Doch Uwe schien ihn überhaupt nicht gehört zu haben. Aus dem Stand sprang er hoch auf den Lenker und starrte Ferris direkt ins Gesicht. **»KA-KA-KA-KA-TASTROPHE!«** Dabei riss er die Augen auf, als hätte er gerade den Teufel oder noch Schlimmeres gesehen.

Ferris seufzte leise. Natürlich konnte bei einer Überraschungsparty einiges schiefgehen, vor allem, wenn sie so kurzfristig angekündigt war. Aber aus einer Mücke gleich einen Elefanten zu machen, wie Uwe das ständig tat, fand er reichlich übertrieben. »Wie gesagt, ich kümmere mich darum. Aber jetzt will ich erst mal nach Hause.«

Immer noch außer Atem schob er das Motorrad samt dem zitternden Uwe die letzten Meter hoch

zum Schwalbenweg, der sehr idyllisch und sehr überschaubar war: Sieben knorrige Apfelbäume, ein Altkleidercontainer, Otti Knirschkes Häuschen mit dem großen Gemüsegarten voller Kohlköpfe und daneben Ferris' gemütliches Zuhause: eine alte, himmelblau angestrichene Villa, die so schief stand, dass man auf dem Hinterteil bequem vom Wohnzimmer in die Küche rutschen konnte.

Das Allerschönste an der Villa aber waren für Ferris die unzähligen Kartons mit Dosen voller Hering in Tomatensoße. Die hatte der frühere Besitzer zurückgelassen, ein Konservenfabrikant, der bei Nacht und Nebel verschwunden war und mittlerweile die Welt umsegelte. Allerdings waren die Dosen aus einem ausgeklügelten Spezialblech gefertigt, das kein Öffner der Welt knacken konnte – die stahlharten Mäusezähne von Alice und Marlene aber schon.

Kaum im Schwalbenweg angekommen, stutzte Ferris. Kein Transparent mit der Aufschrift *Happy birthday* begrüßte ihn, keine blinkende Lichterkette, nicht einmal ein paar bunte Luftballons. Stattdessen war die Straßenseite zur Villa hin komplett zugeparkt. Transporter reihte sich dort an Transporter, Wagentüren standen offen, und junge Männer in schwarzen Klamotten luden schwere Metallkisten aus. Nebenan hatte sich Otti Knirschke ein dickes Sofakissen auf die Fensterbank gelegt und schaute mit unbewegter Miene zu. Ferris ebenfalls. Allerdings nur wenige Sekunden. Dann stellte er nämlich fest, dass die Männer die Kisten in die Villa schleppten. In seine Villa!

»STOPP!«, brüllte er. **»KEINEN SCHRITT WEITER!«**

Was die Männer aber nicht im Geringsten beeindruckte. Ungerührt machten sie weiter, und sie lachten sogar dabei. Jetzt reichte es Ferris endgültig. Achtlos ließ er das Motorrad fallen und holte tief Luft. Dann streckte er energisch das Kinn vor und stieß sich mit den Hinterpfoten zu einem seiner berühmt-berüchtigten Riesensprünge ab. Laut zischend wie eine Silvesterrakete schoss er durch die Luft …

Garantiert wäre er auch punktgenau vor dem Eingang der Villa gelandet und hätte die Männer mit seinem grässlichen Fauchen in die Flucht geschlagen. Wenn nicht in diesem Augenblick ein weiteres Auto in den Schwalbenweg eingebogen und über das Kopfsteinpflaster gerumpelt wäre. Was Ferris

glatt übersehen hatte. Und so endete sein
tollkühner Flug über die Straße leider vorzeitig
und mit dumpfem Knall auf einer silbernen Kühlerhaube. Die Reifen quietschten, das Auto schleuderte
und kam schließlich am Gartentörchen vor der Villa
zum Stehen. Ferris rutschte seitwärts herunter (wobei er mit seinen Krallen ausgesprochen hässliche
Kratzer im Lack hinterließ) und verkroch sich hastig unter dem Auto. Seine Ohren glühten vor Scham.
Diesen Auftritt hatte er gründlich vergeigt.

Doch seine entsetzliche Blamage war zum Glück
nicht weiter aufgefallen. Denn sofort hatte sich eine
kleine Menschentraube um das Auto gebildet. Ein

Mädchen mit langem blonden Pferdeschwanz stolperte heraus. Ihr folgte eine dicke, schreckensbleiche Frau und schließlich ein nicht minder bleicher Mann mit wirrem Blick und ebenso wirrem roten Vollbart. Alles rief durcheinander, während Ferris sich erst einmal unauffällig in Otti Knirschkes Gemüsegarten verzog. Ungern allerdings, denn ihre Freundschaft hatte gelitten, seitdem im Nachbarhaus Ferris' größte Feindin eingezogen war: die **QUEEN,** eine fette, schrecklich eingebildete weiße Katze. Und natürlich hatte sie alles beobachtet. Schadenfroh grinsend hockte sie am Fenster im Obergeschoss.

»Blöde Katze«, murmelte Ferris. Missmutig wandte er sich ab und schlich zwischen den langen Reihen akkurat angepflanzter Kohlköpfe herum. Er musste nachdenken. Er brauchte dringend einen Plan. Immer wieder spähte er zur Villa hinüber, wo die Fenster weit geöffnet waren. Die zerschlissenen Gardinen, seit vielen, vielen Jahren nicht mehr gewaschen, flatterten so heftig im Wind, dass der Staub bis in den Gemüsegarten wehte und Ferris in den Augen brannte. Irgendjemand nieste ununterbrochen. Am schlimmsten aber war das laute Gelächter, das herüberdröhnte. Fieses, unerträglich gut gelauntes Lachen. Die neuen

Bewohner schienen sich sehr wohl zu fühlen. Oder waren es vielleicht gar keine neuen Bewohner? War das der Fischkonservenfabrikant, der mit seiner Familie von der Weltumseglung zurückgekehrt war und jetzt wieder in der Villa leben wollte?

Ferris' Magen verkrampfte sich. Vor Hunger, denn seit dem Frühstück hatte er nichts mehr gegessen. Aber mehr noch vor maßloser Wut über die Eindringlinge – wer auch immer sie sein mochten. So schnell würde er sein Zuhause nicht aufgeben. Also musste er diese Leute vertreiben. Doch dazu brauchte er Informationen: Wer war der Gegner? Wo lagen seine Schwächen? So hatte er es immer gehalten und war damit nicht nur ganz gut durchs Leben gekommen, sondern auch zu der Villa mit Hauspersonal. Und einer Vorratskammer, wo sich vom Boden bis zur Decke die Dosen mit Hering in Tomatensoße stapelten. Wobei das alles jetzt in größter Gefahr war. Grimmig beobachtete er, wie Möbelstück um Möbelstück herausgetragen und im Garten aufgestapelt wurde: Stühle, Sessel, kleine Tische, große Tische, Kommoden, Teppiche. Und obenauf sein Lieblingsschaukelstuhl mit dem rot-grün karierten Polster! Als einer der schwarz gekleideten Männer

auch noch das Motorrad gegen den Haufen lehnte und ihm einen verächtlichen Fußtritt gab, platzte Ferris der Kragen. Zwar hatte er immer noch keinen Plan, aber er musste irgendetwas tun. Und zwar auf der Stelle!

Außerdem tauchte gerade Otti Knirschke auf, wie jeden Abend im Schlafanzug. Darüber trug er einen viel zu großen Trenchcoat, den er garantiert aus dem Altkleidercontainer gefischt hatte. Weil der Abend kühl war, hatte er sich einen dicken Wollschal um den Hals gewickelt und bis zur triefenden Nase hochgezogen. In der Hand hielt er einen Nachttopf, in dem er die Schnecken einsammelte, die sich über seine Kohlköpfe hergemacht hatten. Dazu grölte er mit heiserer Stimme ein selbst gedichtetes Seemannslied: »Das Meer ist blau, die See ist rau, ahoi, ahoi, ahoi.«

Ferris verzog das Gesicht. Über Otti Knirschke wusste man nur wenig im Schwalbenweg, außer, dass er Matrose gewesen war, zwei Schiffsuntergänge überlebt hatte und sehr laut schnarchte. Und dass er seit Kurzem die Queen an einer goldfarbenen Leine spazieren führte, jeden Vormittag genau zwischen elf und zwölf und nachmittags zwischen vier und fünf. Überdies sang er auch noch grauenhaft falsch. Höchste Zeit also für Ferris, der über ein äußerst feines Gehör verfügte, auf der Stelle zu verschwinden.

Doch genau in dieser Sekunde ertönte ein **PEITSCHENDER SCHUSS**. Noch einer … und noch einer. Es pfiff nur so im Gemüsebeet, wo Ferris und Otti Knirschke sich gleichzeitig auf den herbstlich feuchten Boden geworfen hatten und jetzt nebeneinander lagen, als seien sie beste Freunde. Nichts trennte sie mehr – außer dem umgekippten Nachttopf.

Schließlich verstummten die Schüsse, und auch Otti Knirschke gab keinen Ton mehr von sich. Niemand rührte sich. Außer den Schnecken. Sie nutzten ihre Chance und flüchteten aus dem Nachttopf zurück in die Kohlköpfe, wobei sie eine breite Schleimspur hinterließen.

Und auch Ferris war nicht untätig. Zwar lag er immer noch reglos am Boden, doch sein Gehirn arbeitete auf Hochtouren … Dann war er plötzlich da, sein Plan! Ein genialer Plan! Ferris schnurrte zufrieden. So würde es ihm gelingen, die Eindringlinge zu vertreiben.

Eilig machte er sich daran, die flüchtenden Schnecken wieder einzusammeln und hörte erst auf, als Otti Knirschke sich aufrappelte, die Erde vom Trenchcoat klopfte und salutierend krächzte: »Du bist ein echter Freund, mein Freund. Ahoi!« Dabei versuchte er vergeblich, ihm den Nachttopf zu entreißen. Ferris spurtete los. Und schaffte es sogar noch, ein besonders prächtiges Exemplar eines Rotkohls mitsamt den Wurzeln aus der Erde zu ziehen.

»Bekommst du alles wieder zurück! Versprochen!«, maunzte er dem verdutzten Otti Knirschke zu und hüpfte, den Nachttopf in der einen Vorderpfote, den Kohlkopf in der anderen, über das niedrige Mäuerchen hinüber in seinen Garten.

Die Rückeroberung der Villa hatte begonnen.

Rutschpartie

Die Autos auf der Straße waren mittlerweile verschwunden. Stille herrschte im Schwalbenweg, und die Villa lag da wie in tiefem Dornröschenschlaf. Nachttopf und Rotkohl umklammernd, schlich Ferris durch das hohe Gras und blickte sich suchend um. Wo steckten Uwe und Rüdiger? Für das, was er geplant hatte, brauchte er dringend Helfer. Wozu hatte man schließlich Personal? Doch das Eichhörnchen und der Waschbär waren nirgends zu entdecken. Auch das geräumige Vogelhaus war leer, wie Ferris verärgert feststellte. Dort hatten sich Alice und Marlene mit selbst gehäkelten Spitzengardinchen und einem Topflappen als Teppich häuslich eingerichtet. Wenn Ferris seine Villa retten wollte, blieb ihm wohl nichts anderes übrig, als sich selbst an die Arbeit zu machen. Und das ausgerechnet an seinem Geburtstag! Unwirsch stieß er ein leises Miauen aus. Sein Ärger legte sich erst wieder, als ihm einfiel, dass er diesen Geburtstag ja nur erfunden hatte.

Auf leisen Pfoten schlich er in den Vorgarten. Sorgfältig platzierte er dort den Kohlkopf vor dem Gartentörchen. Er sicherte ihn sogar mit einem Stein, damit er auf keinen Fall wegrollen würde. Dann stiefelte er die sieben Treppenstufen hoch bis zur Haustür und kippte den Nachttopf aus. Zufrieden beobachtete er, wie eine Schnecke nach der anderen herauspurzelte. Anfangs versuchte er noch mitzuzählen, doch bei dreiundachtzig gab er auf.

Mit der Pfote angelte er vorsichtig die letzten Schnecken heraus, ein paar verpennte Exemplare. »Dort unten liegt der leckerste Kohlkopf aller Zeiten«, flüsterte er ihnen zu – unnötigerweise, wie er feststellte. Denn sie hatten bereits ihre Fühler aufgerichtet und machten sich hinter den anderen her in einer langen, breiten Schnecken-Prozession nach unten. Bald würde die ganze Treppe genau so rutschig sein wie der Schwalbenweg im letzten Dezember. Daran erinnerte sich Ferris noch sehr genau. Nur ein Einziger in der Straße hatte damals die ständigen Wetterwarnungen ignoriert: Otti Knirschke, dieser Dummkopf, der unbedingt seine letzten Kohlköpfe auf dem Wochenmarkt verkaufen wollte. Stattdessen musste er dann vier oder sogar fünf Wochen mit gebrochenen Beinen im Krankenhaus verbringen.

Von der Gartenbank aus, die Rüdiger in einem Anfall von Arbeitswut in einem scheußlichen Rot gestrichen hatte, beobachtete Ferris das Geschehen. Mehr und mehr verwandelten sich die Treppe und der Plattenweg zur Straße hin in eine gefährliche Rutschbahn. Noch ein paarmal sammelte Ferris die Schnecken ein, um sie erneut oben an der Haustür auszusetzen. Was vielleicht übertrieben war, doch einen weiteren Flop wie den mit dem Auto wollte er sich nicht leisten.

Schließlich glitzerte die breite Schleimspur silbrig im Mondlicht, und Ferris war zufrieden. Schon wandte er sich zum Gartentörchen und wollte gerade auf den Klingelknopf drücken, als sein Blick auf den Nachttopf fiel. Es war ein ausgesprochen hübsches Exemplar mit einem bunten Blumenmuster und geschwungenem Henkel. Sicherlich würde er die Eindringlinge neugierig machen. Was lag also näher, als ihn mitten auf der Schleimspur zu platzieren? Das wäre, wie Ferris fand, sozusagen das Tüpfelchen auf dem i. Vorsichtig gab er dem Topf einen Schubs und beobachtete, wie er auf dem Schleim bis an die unterste Treppenstufe schlitterte. Ferris schnurrte vergnügt vor sich hin. Jetzt war alles so perfekt, wie er es liebte. Es konnte losgehen.

»Hals- und Beinbruch«, murmelte er grinsend und drückte kräftig auf den zerschrammten Klingelknopf neben dem Gartentörchen. Es schrillte durch den ganzen Schwalbenweg – doch in der Villa tat sich nichts. Wie tief schliefen diese Eindringlinge? Ferris kratzte sich nachdenklich am Hinterkopf und klingelte ein zweites und ein drittes Mal. Verdammt noch mal, warum kam keiner an die Tür? Wo er doch alles für eine herrliche Rutschpartie vorbereitet hatte.

Wütend hieb er auf die Klingel ein. »Kommt raus!

Traut ihr euch nicht?«, brüllte er. **»FEIGLINGE! ER-BÄRMLICHE FEIGLINGE!«** Doch in der Villa blieb es still. Nicht allerdings im Nachbarhaus, wo Otti Knirschke das Fenster aufriss und kreischte: »Unverschämtheit! Ich werde mich beschweren! Ich rufe die Polizei!«

Ferris zog es vor, fürs Erste unter der Gartenbank zu verschwinden. Nicht dass er Angst vor Otti Knirschke oder seiner Drohung hatte. Aber manchmal war es für einen Kater wie ihn einfach besser, unsichtbar zu sein.

Wenig später herrschte wieder Ruhe im Schwalbenweg. Ferris gähnte herzhaft. Er spürte, wie er müde wurde. Es war ein anstrengender Tag gewesen, und er war auch nicht mehr der Jüngste. Was sprach also dagegen, ein Nickerchen zu machen und einfach abzuwarten? Falls es nicht regnete – und danach sah es aus –, würde die Schleimspur auch noch am nächsten Tag funktionieren.

Er sprang auf die Bank, streckte sich und dachte voller Wehmut an seinen gemütlichen Schlafplatz in der Villa, wo er sich jeden Abend in eine kaputte Waschmaschine zurückzog. Und die Queen fiel ihm ein, die jetzt bestimmt selig in dem Himmelbett schlummerte, das Otti Knirschke neulich für sie gezimmert hatte. Seufzend drehte Ferris sich ein paarmal um. Auf dieser entsetzlich unbequemen Bank würde er kein Auge zutun. Vielleicht sollte er sich besser in den Altkleidercontainer verziehen? Weicher war es dort allemal. Schon sprang er von der Bank und trottete zum Gartentörchen, als er plötzlich ein Geräusch hörte. Von einer Sekunde auf die andere war alle Müdigkeit verflogen. Mit gespitzten Ohren lauschte er. Hinter der Eingangstür der Villa tat sich eindeutig etwas. Anscheinend wurde flüsternd diskutiert, ob man die Tür öffnen und nach draußen gehen solle.

Jaaa, bitte, kommt raus!, flehte Ferris lautlos. Reglos kauerte er neben dem Gartentörchen und fixierte die Tür, als wollte er sie hypnotisieren. Dahinter war es wieder ruhig geworden.

Jetzt hielt Ferris es nicht mehr länger aus. Sollte Otti Knirschke doch die Polizei rufen. Das war ihm so was von egal. **»ANGSTHASEN!«**, brüllte er. »Kommt endlich raus, ihr blöden **HOSENSCHEISSER!**«

Gespannt hielt er den Atem an. Und dann, tatsächlich, öffnete sich langsam die Tür. Zentimeter um Zentimeter wurde sie aufgeschoben. Ferris grinste verächtlich. Wie es aussah, waren die Eindringlinge äußerst vorsichtig. Echte Feiglinge eben. Doch seiner Cleverness waren sie nicht gewachsen. Der erste würde gewaltig ausrutschen, der zweite ihm zu Hilfe eilen und ebenfalls auf die Nase fallen, der dritte über ihn stolpern und …

In diesem Moment trat ein dicker grauer Waschbär in die Tür. Er trug eine blaue Latzhose, einen ausgefransten Fanschal mit der Aufschrift *1. FC Waschbär* und hielt einen Hammer in der Pfote, mit dem er drohend herumfuchtelte. Ferris glotzte ihn entgeistert an. Es dauerte einen Moment, bis er aus seiner

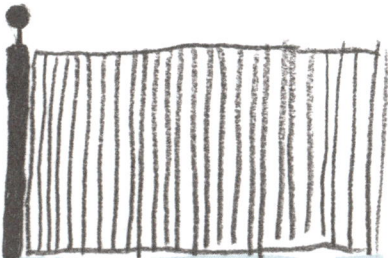

Erstarrung erwachte. Dann brüllte er aus Leibeskräften: »Rüdiger! Nein! Bleib stehen! Nicht die Treppe! **NEIN! NEIN!**«

Sein letztes Nein wurde übertönt von Rüdigers entsetztem Aufschrei. Mit sehr viel Tempo schlitterte der Waschbär sieben extrem rutschige Stufen hinunter. Hilflos fuchtelte er mit den Vorderpfoten in der Luft herum und drehte noch eine reichlich missglückte Pirouette, bevor er schließlich sehr unglücklich landete und dabei mit dem Hammer versehentlich den Nachttopf traf. Rüdiger ließ noch einen schauerlichen Laut hören – es klang wie **UUAAHH –** und blieb dann seltsam verrenkt auf dem Boden liegen. Wieder einmal war es totenstill im Schwalbenweg. Selbst Otti Knirschke hatte sein Schnarchen für einen Augenblick eingestellt.

Zögernd näherte sich Ferris dem Waschbären, der reglos am Fuß der Treppe lag. »Rüdiger …?«, fragte er. Seine Stimme zitterte. »Alles in Ordnung mit dir?«

»**UUAAHH**«, gab Rüdiger wieder von sich und verdrehte die Augen.

Was keine richtige Antwort war, wie Ferris fand. Doch Rüdiger machte nicht den Eindruck, als hätte er Lust auf ein längeres Gespräch. Stattdessen stöhnte er noch einmal auf und schloss dann die Augen.

»Okay, okay«, murmelte Ferris. Wobei genau genommen überhaupt nichts okay war. Sein grandioser Plan war gescheitert, sein Hausmeister allem Anschein nach verletzt, und er selbst hatte nicht die geringste Idee, was er jetzt machen sollte. Erschrocken fuhr er zusammen, als ihn jemand anstupste. Uwe – wie immer mit Helm und Sicherheitsweste, in deren Taschen er hektisch herumkramte.

»Ka-Ka-Ka-Katastrophe«, flüsterte er. »Der arme Rüdiger. Mit Helm wäre das nicht passiert. Ich hab doch schon immer gesagt, auch im Haus sollte man vorsichtshalber einen Helm tragen, du auch und Alice und …«

»Sind sie noch da?«, unterbrach Ferris ihn.

Uwe sah ihn verständnislos an.

»Die Eindringlinge. Die Typen, die alle Möbel rausgeschmissen haben«, fügte Ferris hinzu.

»Ach so, *die*.« Uwe grinste und zog eine Rolle Heftpflaster und eine Nagelschere aus seiner Jackentasche. »Die sind weg. Hat bestimmt mit Jenny-Lou zu tun. Was meinst du, wie alle gekreischt haben, als plötzlich eine Wanderratte im Laufdress und mit Fitnessuhr den Flur entlangjoggte! Einer von denen hat sogar mit einer Pistole hinter ihr her geballert. Jenny-Lou musste Haken schlagen wie ein Hase, aber sie hat das grandios gemacht. Ein paar Minuten später haben die Typen aufgegeben und sind abgehauen.«

»Ja, ich habe die Schüsse auch gehört«, sagte Ferris und fügte gerührt hinzu: »Unsere gute Jenny-Lou!« Anfangs war er zwar nicht begeistert gewesen, dass sie in seinem Keller ihre Mäusedisco eingerichtet hatte – die berühmte **MAGIC-MAUS-DISCO**. Aber vielleicht war es doch ganz gut, eine durchtrainierte Wanderratte in der Villa zu haben, wenn man damit unerwünschte Besucher in die Flucht schlagen konnte.

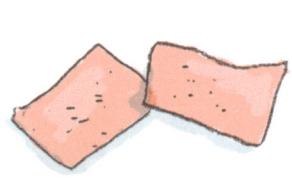

Konzentriert schnippelte Uwe ein Pflaster nach dem anderen von der Rolle. Ohne aufzusehen, sagte er: »Also, du weißt ja, dass ich meine Security-Ausbildung mit einer glatten Eins abgeschlossen habe. Ich muss jetzt noch mal das wichtige Thema *Helm im Haus* ansprechen. Wir sollten unbedingt …«

Weiter kam er nicht, denn in diesem Moment stöhnte Rüdiger laut auf. Ferris wandte sich zu ihm um und tätschelte unbeholfen seine Schulter. »Geht es dir wieder besser?«, fragte er besorgt. »Hast du dir wehgetan?«

Immer noch stöhnend, hob Rüdiger den Kopf. »Mir würde es wesentlich besser gehen, wenn Uwe endlich mit diesem Käse aufhören würde. Ich denke gar nicht daran, im Haus einen Helm zu tragen. Ich mach mich doch nicht lächerlich. Hätte außerdem nichts genutzt. Bei diesem Glatteis wäre ich auch mit Helm ausgerutscht. Aber hallo!«

Ferris atmete erleichtert auf. Rüdiger schien schon fast wieder der Alte zu sein. Dann war die Sache doch nicht so gründlich schiefgegangen, wie er einen Moment lang befürchtet hatte. »Nun, wenn das geklärt ist, können wir uns ja wieder an die Arbeit machen«, sagte er und deutete mit der Pfote auf

Uwe. »Wenn du noch rasch die Schnecken einsammeln würdest. Die haben sich anscheinend verlaufen. Ich nehme an, sie gehören Otti Knirschke, und wir sollten sie ihm zurückbringen. Sie kommen in den Nachttopf ... «

Er blickte sich suchend um, bis er den Nachttopf im Gras entdeckte. Der Henkel war abgebrochen, was aber für jemanden, der seiner Katze ein Himmelbett zimmerte, bestimmt kein Problem darstellte. »Uwe, den Topf leerst du dann im Gemüsegarten aus. Und dieser Rotkohl muss wieder eingepflanzt werden. « Bei diesen Worten deutete er auf den jämmerlichen Strunk, den die Schnecken übrig gelassen hatten.

Uwe winkte ab. »Ehrlich, ich würde das wahnsinnig gern sofort erledigen. Aber erstens muss ich mich jetzt um den Patienten kümmern. Was meinst du wohl, wofür ich die vielen Pflaster abgeschnitten habe? Zweitens leide ich seit meiner Kindheit an einer schweren Allergie. Der Kontakt mit Schnecken führt bei mir zu grünem Ausschlag, hohem Fieber, Atembeschwerden und lauter solchen Sachen. Das können wir gerade nicht brauchen, wo es doch genug andere Probleme gibt. Was ich aber nicht verstehe … Warum ist Rüdiger ausgerutscht? Ist das wirklich Glatteis? Chef, was meinst du?«

»Würde mich auch interessieren«, brummte der Waschbär. »Das sieht nämlich nicht nach Glatteis aus. Mir kommt das eher vor, als hätte jemand …«

»Das ist eindeutig Glatteis!«, unterbrach Ferris ihn hastig. »Eine plötzliche Änderung der Wetterlage. Könnte was mit dem Klimawandel zu tun haben. Aber wir sollten nicht länger diskutieren. Das ändert nichts. Machen wir uns lieber an die Arbeit.«

»Bin schon dabei!«, rief Uwe. Im Nu hatte er Rüdigers Hosenbeine hochgerollt und pappte ihm ein Pflaster nach dem anderen auf die Beine.

»Hör sofort auf damit!«, zeterte der Waschbär. »Meine Beine sind völlig okay. Ich bin aufs Hinterteil gefallen. Da tut es weh und nicht am Bein, du Idiot! Verdammt weh! Aua! Aua! Aua!«

Ungerührt machte Uwe weiter. »Wer kennt sich hier mit Erster Hilfe aus? Du oder ich?«, fragte er, als Rüdiger gar nicht mehr aufhörte zu jammern. Und an Ferris gewandt, flüsterte er: »Das ist bloß der Schock. Weil er einen Unfall hatte. Aber ich krieg Rüdiger garantiert wieder hin.«

Ferris nickte. In dieser Hinsicht hatte er volles

Vertrauen zu Uwe, der absolut professionell ein Pflaster neben dem anderen platzierte. Wie es aussah, würde das noch eine ganze Weile dauern. Und so blieb Ferris nichts anderes übrig, als ein weiteres Mal die Schnecken einzusammeln. Danach verteilte er sie in Otti Knirschkes Gemüsebeeten, stellte den Nachttopf samt abgebrochenem Henkel vor die Haustür und steckte sogar den Rest des Kohlkopfs zurück in die Erde. Mehr konnte man wirklich nicht tun für eine gute Nachbarschaft.

Katastrophen

Es war schon weit nach Mitternacht, als Ferris erschöpft ins Haus schlich – natürlich nicht über die Treppe, die spiegelglatt im Mondschein glitzerte. Er balancierte mit größter Vorsicht über das Geländer. Von Rüdiger und Uwe war nichts mehr zu sehen, was Ferris sehr recht war. Denn jetzt wollte er nur noch eins: hinauf in den ersten Stock und am Ende des langen Flurs in das kleine Zimmer, in dem die Waschmaschine stand. Er würde tief und fest und vor allem sehr lange schlafen.

Als er jedoch die Tür erreichte, stellte er fest, dass es vorher noch ein Hindernis zu überwinden galt: Uwe nämlich, der im Schneidersitz vor dem Zimmer hockte, den Kopf an den Türrahmen gelehnt, und mit offenem Mund laut schnarchte. Behutsam, um ihn keinesfalls aufzuwecken, schob Ferris ihn ein Stückchen beiseite und kletterte gerade in seine Waschmaschine, als ein sehr lautes »**KA-KA...!**« hinter ihm ertönte. Blitzschnell fuhr er herum. »Kein Wort mehr davon!«, raunzte er. »Mit den Katastrophen reicht es mir für heute. Ich wünsche dir eine gute Nacht.«

»Aber genau das ist doch die Katastrophe«, jammerte Uwe und war schon zu ihm in die Wasch-

maschine gehüpft. »Für mich wird das keine gute Nacht. Weil die Kommode draußen im Garten liegt. In der Kommode ist die Sockenschublade, und du weißt, darin schlafe ich immer. Also habe ich heute Nacht kein Bett. Dachkammer geht auch nicht, Rüdiger will dort oben nämlich seine Ruhe haben. Deshalb«, er holte tief Luft, »bleibt mir nichts anderes übrig, als bei dir zu schlafen. Du hast doch nichts dagegen? Oder?« Ohne Ferris' Antwort abzuwarten, fügte er hinzu: »Danke, das vergesse ich dir nie«, und kuschelte sich an ihn.

»He, davon war überhaupt keine Rede!«, protestierte Ferris. Doch Uwe schlief bereits so tief und fest, wie Ferris das für sich gewünscht hatte. Stattdessen musste er jetzt die dumpfen Bässe aushalten, die aus Jenny-Lous Kellerdisco wummerten …

Irgendwann endlich verstummte dieser Krach. Ferris war fast eingeschlafen, da begann Uwe wild um sich zu boxen – bestimmt träumte er schlecht – und dazu knurrte es auch noch gefährlich. Als Ferris klar wurde, dass dieses Grummeln aus seinem Magen kam, reichte es ihm endgültig. Er kletterte aus der Waschmaschine und wagte sich hinunter ins Erdgeschoss.

Wer weiß, vielleicht war ja in der Küche wie durch ein Wunder eine geöffnete Dose mit Hering in Tomatensoße zu entdecken …

Vorsichtig öffnete er die Küchentür – und machte einen erschrockenen Satz zurück. Wo sich am Morgen zuvor das dreckige Geschirr in der Spüle getürmt hatte, wo der Mülleimer in der Ecke übergequollen war, kurzum, wo das heftigste Chaos geherrscht hatte, war es jetzt gewaltig aufgeräumt: das Geschirr abgespült, der Mülleimer geleert, der Tisch abgewischt, von der Decke baumelte ein Fliegenfänger, und sogar die Nussschalen, die Uwe immer auf den Boden fallen ließ, waren verschwunden. Ein merkwürdiger Geruch hing in der Luft. Leider nicht nach Hering in Tomatensoße, sondern … Ferris schnupperte eine Weile: Putzmittel. Sehr viel Putzmittel. Sollte das womöglich eine Geburtstagsüberraschung sein? Eine Küche, sauber wie geleckt?

Kopfschüttelnd blickte Ferris sich um. Keine Heringsdose weit und breit. Hier gab es nichts, um seinen knurrenden Magen zu besänftigen. Es blitzte und blinkte nur so. Hier hatte jemand ganze Arbeit geleistet. Lediglich die schief hängende Kuckucksuhr über dem Herd war verstaubt wie immer. Im Rückwärtsgang und mit einem mulmigen Gefühl verließ er die Küche und zog sich wieder in die Waschmaschine zurück. Dort roch es wenigstens nur nach Eichhörnchen. Doch merkwürdig war die ganze Sache schon irgendwie …

Es war bereits später Vormittag, als Ferris aus tiefem, traumlosen Schlaf erwachte. Er hatte die Waschmaschine wieder für sich allein, und so räkelte er sich erst einmal genüsslich und überlegte, woher das monotone Trommelgeräusch wohl kam, das die ganze Zeit schon zu hören war. Regen vielleicht? Für Ferris sonst immer ein Grund, sich umzudrehen und einfach weiterzuschlafen. Doch nicht an diesem Morgen. Denn ihm war plötzlich ein schrecklicher Gedanke gekommen … Mit einem Satz war er am Fenster und riss es auf. Ein fetter Regentropfen platschte ihm auf die Nase, doch Ferris merkte es gar nicht. Bebend vor Zorn musterte er die Möbel, die immer noch im Gras lagen. Die Polster der Stühle waren schon mit Wasser vollgesogen, und bald würde auch das Holz aufquellen. Erbost knallte er das Fenster zu. Er stürmte den Flur entlang und die schmale Stiege hoch, die zur Dachkammer führte –

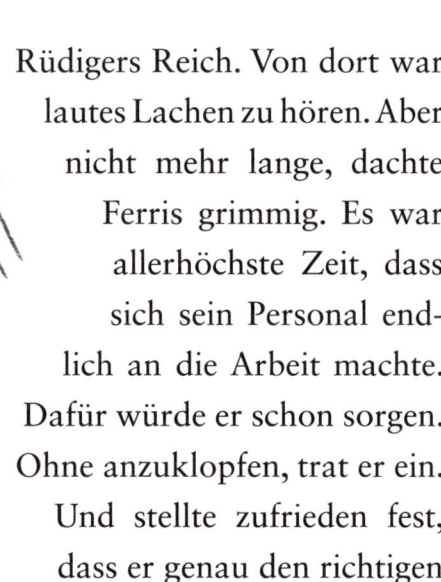

Rüdigers Reich. Von dort war lautes Lachen zu hören. Aber nicht mehr lange, dachte Ferris grimmig. Es war allerhöchste Zeit, dass sich sein Personal endlich an die Arbeit machte. Dafür würde er schon sorgen. Ohne anzuklopfen, trat er ein. Und stellte zufrieden fest, dass er genau den richtigen Zeitpunkt erwischt hatte. Alle waren da: Rüdiger, Uwe, Alice und Marlene und sogar Jenny-Lou, die auf einem umgestülpten Plastikeimer hockte und sich die Krallen tomatenrot lackierte.

»Oh, auch schon wach?«, begrüßte sie ihn. Sie trug ein langes blaues Kleid und eine Lockenperücke in genau der gleichen Farbe. Lässig wedelte sie mit den Pfoten, damit der Nagellack schneller trocknete.

»Ähm … selbstverständlich«, erwiderte Ferris und räusperte sich. »Ich will ja nicht stören, aber …«

»Das tust du nicht, im Gegenteil!« Uwe, einen

dicken Katalog unter dem Arm, trippelte auf ihn zu. »Du kommst wie gerufen. Ich habe nämlich ein sensationell günstiges Angebot entdeckt. Wenn man zehn Sicherheitshelme kauft, bekommt man den elften gratis dazu. Das wäre doch was für uns.«

Die beiden Mäuse nickten so heftig, dass sie um ein Haar aus ihrer Hängematte gefallen wären, die sie sich aus alten Stofftaschentüchern gebastelt hatten. Alice piepste: »Es gibt sogar welche mit Motiv. Wir hätten gern einen Helm mit einer Katze drauf. Oder mit einem Papagei. Und am liebsten in Pink, wenn das geht.«

»*Ich* trage keinen Helm!« Das kam von Rüdiger, der längs über einem Dachbalken lag und ächzend den Kopf hob. »Aber hallo! Mir reicht es ja schon, dass Uwe mir heute Nacht jede Menge Pflaster aufgeklebt hat. Was meint ihr, wie weh das tut, die alle wieder abzukriegen? Also nochmals: *Ich* trage keinen Helm!«

»Aber ich habe schon einen in XXL ausgesucht.« Uwe wedelte mit dem Katalog. »Da passt sogar ein dicker Kopf wie deiner rein.«

»Dicker Kopf?« Rüdiger holte tief Luft. »Hast du gerade **DICKER KOPF** gesagt?«

»Schluss jetzt!«, fauchte Ferris. »Streiten könnt ihr später! Jetzt müssen die Möbel ins Haus geholt werden! Und zwar auf der Stelle, sonst taugen sie nur noch für den Sperrmüll!« Er deutete auf Rüdiger und sah ihn fragend an.

Der Waschbär schüttelte heftig den Kopf, um gleich darauf vor Schmerzen aufzujaulen. »Tut mir echt leid, aber du hast es ja mitbekommen. Ich hab mir gestern Abend auf der Treppe irgendwas vermurkst. Und dazu jede Menge blauer Flecken. Ich falle die nächsten Tage aus. Aber ich hab sowieso noch total viele Überstunden, die ich abfeiern muss.«

Von Überstunden wusste Ferris zwar nichts, aber dass Rüdiger angeschlagen war, konnte jeder sehen. Er nickte und wandte sich zu Uwe um, der sich neben Jenny-Lou auf den Eimer gesetzt hatte und schon wieder eifrig den Katalog wälzte, als gäbe es nichts Wichtigeres zu tun. »Also, Uwe, los geht's! Du kannst ja die leichten Sachen tragen!«

»Ich? Möbel schleppen?« Das Eichhörnchen blickte empört auf. »Ich bin geprüfter Sicherheitsbeauftragter. In meinem Arbeitsvertrag steht wörtlich, dass ich ausschließlich für Tätigkeiten zuständig bin, welche die Sicherheit in der Villa und drumherum betreffen. Von Möbelschleppen habe ich da echt nichts gelesen.«

Schon klar, Ferris hatte verstanden. Wie es aussah, musste er sich einmal mehr selbst um alles kümmern. Doch zuvor brauchte er endlich sein gewohntes Frühstück. Hering in Tomatensoße! Er spürte, wie ihm bei dieser Vorstellung das Wasser im Mund zusammenlief.

Als könne sie Gedanken lesen, rief in diesem Moment Marlene: »Wir hätten natürlich schon längst ein paar Dosen für dich geöffnet. Aber das Schlüsselbrett im Flur ist verschwunden. Wir kommen nicht in die Vorratskammer rein.«

»**WAAAS?**« Ferris schnappte heftig nach Luft. »**KA-KA-KA-KATASTROPHE**«, hörte er Uwe stottern.

Ferris holte tief Luft. »Ka-Ka… Katastrophe. Du sagst es. Das ist jetzt wirklich eine Katastrophe. Und was für eine.«

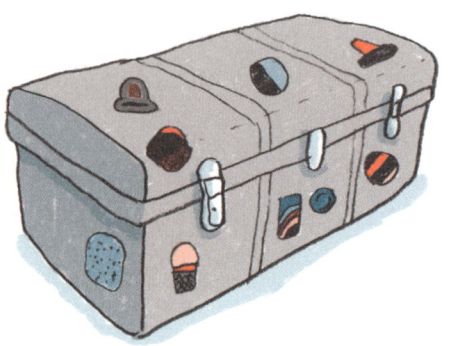

Wunder

Wie benommen ließ Ferris sich auf den einzig freien Platz in der Dachkammer sinken, einen ramponierten Überseekoffer voll vergilbter Hotelaufkleber. Ohne Hering in Tomatensoße funktionierte sein Gehirn nicht richtig, das wusste er aus Erfahrung. Ohne funktionierendes Gehirn würden sie den Schlüssel nicht finden. Ohne den Schlüssel … Er seufzte tief, und Rüdiger hielt ihm mitfühlend eine Tüte mit zerbröselten Käsecrackern hin. Die hatte er vermutlich aus irgendeiner Mülltonne gefischt.

»Danke, nein«, murmelte Ferris. »So schlimm ist es noch nicht. Ich halte noch eine Weile durch.«

Nur zu gut erinnerte er sich an frühere Zeiten, als er tagelang hungrig durch die Stadt gestreift war, immer auf der verzweifelten Suche nach etwas Essbarem. Nein, so schlimm war es wirklich noch nicht. Außerdem hatte er jetzt Personal. Und das strengte sich gerade gewaltig an, eine Lösung für dieses Problem zu finden.

»Vielleicht ist ja schon ein Wunder geschehen«, überlegte Alice laut und runzelte angestrengt die Stirn. Ihre schwarzen Knopfaugen waren vor Müdigkeit ganz klein. Denn sie und Marlene hatten bis zum frühen Morgen bei Jenny-Lou in der Disco gejobbt. »An deiner Stelle, Boss, würde ich die Hoffnung nicht aufgeben. Also, ich glaube, dass ein Wunder …«

»Quatsch! Tür aufsprengen!«, fiel Rüdiger ihr ins Wort. »Ich würde die Tür aufsprengen. Da gab's mal einen Film, da wurden meterdicke Panzertüren …«

»Dazu brauchst du Dynamit!« Uwe tippte sich an die Stirn. »Erstens haben wir kein Dynamit. Zweitens ist das keine Panzertür. Drittens sprengen wir womöglich die ganze Villa in die Luft. Und da sage ich als Sicherheitsbeauftragter eindeutig: Nein! Das Problem lässt sich viel einfacher lösen. Wir brauchen jemanden, der das Türschloss knackt. Einen echten Profi. Einen Einbrecher!«

»Ich könnte Jonny fragen«, schlug Jenny-Lou freudestrahlend vor. Ihr Freund Jonny, ein Rabe, betrieb ein eigenes Lufttaxiunternehmen, und sie war ziemlich stolz auf ihn. »Na klar, mein Jonny kennt jede Menge Leute. Bestimmt auch einen Einbrecher. Wahrscheinlich sogar zwei oder drei. Da haben wir dann echte Auswahl.«

Sie diskutierten hin und her. Bis Marlene, welche die ganze Zeit über schweigend in der Hängematte geschaukelt hatte, plötzlich rief: »Das Schlüsselbrett ist bestimmt draußen gelandet, zusammen mit den anderen Möbeln. Es war ja auch schon ziemlich alt und verbogen.«

Ferris fand, dass Marlene nicht nur messerscharfe Zähne hatte, sondern auch einen messerscharfen Verstand. Und dass sie schon einen großen Schritt weiter waren. Doch weil draußen gerade der nächste gewaltige Wolkenbruch niederging, mussten sie sich noch etwas gedulden. Es pladderte nur so auf das Dach, und dort, wo die Ziegel fehlten, regnete es sogar herein.

»Wir warten ab, bis das Wetter besser ist«, sagte Ferris. »Dann wird im Garten gesucht. Bis dahin schlafe ich noch eine Runde.«

»Ja, ein bisschen Schlaf würde mir auch guttun!«, rief Uwe und war schon aufgesprungen.

Ferris schüttelte den Kopf. »Für zwei ist die Waschmaschine zu eng. Außerdem bist du jetzt im Dienst.«

Er winkte noch ein Mal in die Runde, und alle winkten zurück. Dann verließ Ferris die Dachkammer mit dem beruhigenden Gefühl, das beste Personal der Welt zu haben.

Gemächlich kletterte er die Stiege hinunter, als ihm plötzlich ein interessanter Geruch in die Nase stieg. Überrascht blieb er stehen und schnupperte … Fisch? Das konnte nicht sein, das musste er sich einbilden. Aber dann nahm er doch die Treppe hinunter ins Erdgeschoss, immer diesem verlockenden Geruch nach, der stärker und stärker wurde, je näher Ferris dem Wohnzimmer kam. Es roch eindeutig nach Fisch!

War das vielleicht das Wunder, von dem Alice vorhin geredet hatte? Erwartungsvoll spähte er ins Wohnzimmer. Und tatsächlich – da war das **GEBURTSTAGSWUNDER**, die Geburtstagsüberraschung, die er sich so sehr gewünscht hatte! Sein Personal hatte sich gewaltig angestrengt. »Donnerwetter«, murmelte er anerkennend und stiefelte zum Tisch, der sich unter den Köstlichkeiten nur so bog: Lachshäppchen, Käsewürfel, kleine Fleischpasteten, gekochte Eier … Einfach alles, was man sich als verwöhnter Kater nur vorstellen konnte. Mit einem Satz war er oben und hielt sich fürs Erste an die Lachshäppchen. Um Radieschen, Tomatenachtel und Gurkenstückchen machte er einen Bogen, denn dieses Gemüse war bestimmt nur als Deko gedacht. Stattdessen wandte er sich den Käsewürfeln zu, wobei er laut schmatzend die dazugehörigen Cocktailtomaten mit der Pfote vom Tisch kickte.

Er lächelte selig. Ein wunderbares Gefühl ergriff ihn, als er schließlich zwischen den Resten herumstakste und dabei noch ein wenig an den Pasteten knabberte. Er war satt (genau genommen hatte er sich überfressen), und er war glücklich. Dabei dachte er voller Rührung an sein Personal, das dieses Wunder vollbracht hatte. Wie hübsch sie alles angerichtet hatten, sogar mit weißer Tischdecke, wie es sich für einen Geburtstag gehörte. Und wie raffiniert sie sich vorhin auf dem Dachboden verstellt hatten. Lediglich Alice hätte sich fast verplappert …

Er rülpste leise und überlegte gerade, ob er sich auch noch über die beiden letzten Käsewürfel hermachen sollte, als vom Flur her lautes Niesen zu hören war, gefolgt von dem ärgerlichen Ausruf: »Hier muss irgendwo dieses verdammte Katzenvieh stecken!«

Was für Ferris das Signal war, schleunigst zu verschwinden, und zwar unter dem Tisch, dessen ehemals weiße Tischdecke zum Glück beinahe auf den Boden reichte. Sein Herz klopfte bis zum Hals, als er von seinem Versteck aus den Mann mit dem roten Vollbart beobachtete. Immer noch heftig niesend, trampelte dieser mit dreckigen Stiefeln ins Wohnzimmer und blieb vor dem Tisch stehen. Das war doch der Kerl, der am Tag zuvor aus dem Auto gestiegen war!

»He, Leute, wie sieht's denn hier aus? Wo zum Teufel ist das kalte Buffet geblieben?«, hörte Ferris ihn ungläubig rufen. »Das kann nur dieses Biest gewesen sein! Hatschi! Hatschi! Hatschi!«

Ferris unterdrückte einen weiteren Rülpser und machte sich so klein wie möglich. Was in seinem vollgefressenen Zustand nicht ganz einfach war. In seinem Kopf überschlugen sich die Gedanken. Die Eindringlinge waren also wieder da. Die Köstlichkeiten waren keine Geburtstagsüberraschung gewesen, sondern … Erschrocken wich er zurück, als plötzlich die Tischdecke beiseitegezerrt wurde. Der Vollbart, auf allen vieren, grinste ihn heimtückisch an. Über seinem Bauch spannte sich ein knallgelbes T-Shirt mit dem lächerlichen Aufdruck *Big Boss*. »So, mein Lieber, jetzt geht es dir an den Kragen. Ich mach aus dir … Hatschi! Hatschi! Hatschi!«

Der Kerl hatte eindeutig eine gewaltige Katzenhaarallergie. Bestimmt wäre es klüger, er würde sich von mir fernhalten, dachte Ferris und wollte sich gerade an ihm vorbeischlängeln, als plötzlich ein dünnes Stimmchen rief: »Danny, das war doch nicht die Katze! Das war ich! Weil ich solchen Hunger hatte. Und es sah alles so lecker aus.«

Zwei dünne braun gebrannte Beine in roten Sandalen tauchten in Ferris' Blickfeld auf und tänzelten hin und her. Die Schuhe kamen ihm irgendwie bekannt vor. Gehörten die nicht zu dem blonden Mädchen mit dem Pferdeschwanz?

Danny – so hieß der Vollbart also – drehte sich um. »Ach Mathilda, das macht doch nichts. Ich hatte nur einen Moment lang dieses Mistvieh in Verdacht.« Er warf Ferris noch einen wütenden Blick zu, stand auf und fragte mit sanfter Stimme: »Mathilda, möchtest du vielleicht noch irgendetwas? Wie wäre es mit einem Eis zum Nachtisch?«

Mathilda schien zu überlegen, denn einen Augenblick lang war es ruhig. Dann hörte Ferris sie begeistert rufen: »Ja, Eis wäre super! Kann ich bitte ein Erdbeereis haben?«

Danny klatschte in die Hände. »Aber klar doch, Prinzesschen.« Er lachte kehlig. »Erdbeereis kommt sofort. Du weißt doch, für dich machen wir alles. Ohne dich geht hier schließlich gar nichts.«

Er war nicht der Einzige im Wohnzimmer, der lachte. Plötzlich schien der Raum voller Menschen zu sein, alles redete durcheinander, es fielen Wörter wie *kaltes Buffet* und *Katze* und *Mistvieh,* und Ferris war klar: Er sollte wirklich schleunigst verschwinden. Schon fegte er quer durchs Zimmer hinüber zur Tür – wo allerdings genau in diesem Augenblick ein riesiger weißer Flügel hereingeschoben wurde und ihm den Weg versperrte. Ferris schlug die Krallen in den Boden und wirbelte herum. Zurück unter den Tisch? Doch dort stand Danny, breitbeinig, immer noch niesend, und machte eine Handbewegung, als wolle er Ferris den Hals umdrehen.

Und dann war da auch noch die dicke Frau aus dem Auto, die drohend auf ihn zukam und mit schriller Stimme rief:»Diesem Biest verdanken wir die hässlichen Kratzer auf der Kühlerhaube!«

Ferris legte den Rückwärtsgang ein. Weit kam er allerdings nicht, denn plötzlich war er von den Eindringlingen umzingelt. Nicht einmal sein gewaltiger Katzenbuckel und sein gefährliches Fauchen schreckten sie. Immer näher kamen sie und starrten, als hätte er Gott weiß was angestellt. Bis aus einer Zimmerecke Mathildas Stimme zu hören war.»Jetzt ist mir schlecht!« Und schon drehten sich alle zu ihr um.

Die dicke Frau stöckelte eilig zum Fenster und riss es auf.»Besser?«, fragte sie besorgt und schob Mathilda einen Stuhl hin.

Diesen Moment nutzte Ferris. Aus dem Stand setzte er zu einem seiner berühmt-berüchtigten Riesensprünge an und landete elegant auf dem Fensterbrett, wo er sich kurz umdrehte und Mathilda zuzwinkerte. Sie grinste. Dann zwinkerte sie zurück.

Und während Danny zum nächsten Niesanfall ansetzte, hechtete Ferris in den Garten und war gleich darauf im hohen Gras verschwunden.

Sehr viel Wasser

Im strömenden Regen tappte Ferris wenig später um die Villa herum – bestimmt schon zum dritten oder vierten Mal. War er zuvor schlecht gelaunt gewesen, so war seine Stimmung jetzt unterirdisch. Sämtliche Fenster waren geschlossen, die Eingangstür ebenso, und die einzige Möglichkeit, ins Haus zu gelangen, wäre eine kühne Kletterpartie über das regennasse Dach gewesen. Wozu sich Ferris – mit unzähligen Lachshäppchen im Bauch – gegenwärtig allerdings nicht in der Lage fühlte.

Nach einer letzten Runde um die Villa kauerte er sich auf die oberste Treppenstufe, deren schmales Vordach ihm ein wenig Schutz vor dem Regen bot. Vor allem aber war dies die beste Position, um ins

Haus zu huschen, falls jemand die Tür öffnete. Wonach es momentan aber leider nicht aussah. Drinnen waren fröhliche Stimmen zu hören, jemand spielte auf dem Flügel, und Ferris spürte, wie er feuchte Augen bekam. Würde er je wieder ein Zuhause haben? Unglücklich miaute er vor sich hin. Alles war misslungen. Von der schönen Schleimspur war nichts mehr zu sehen, die ganze Mühe war umsonst gewesen, und er hatte überhaupt keinen Plan. Ja, er schaffte es nicht einmal mehr, ins Haus zu kommen …

»Ahoi! Ahoi!«

Ferris schreckte aus seinen trüben Gedanken auf. Otti Knirschke stand am Gartentor – in einem knallgelben Regenmantel und mit einem bunten Kinderschirm. Im Arm hielt er die Queen. Sie trug ein nagelneues blau-weißes Regencape mit Kapuze (das Preisschild hing noch dran) und die Nase noch höher als sonst. Ferris tat, als würde er die beiden nicht sehen. Ausdruckslos starrte er vor sich hin. Weil aber Otti Knirschke pausenlos mit dem Regenschirm herumfuchtelte und »Ahoi!« brüllte, hob er schließlich grüßend die Pfote. Es ging schließlich nichts über eine gute Nachbarschaft.

Otti Knirschke lachte zufrieden. Er setzte die Queen auf dem Gartenmäuerchen ab, rollte beide Hosenbeine hoch und kratzte sich ausgiebig an den Waden. Derweil putzte sie mit gelangweiltem Gesichtsausdruck zuerst ihre Pfote und flötete dann: »Entsetzlich! Ich habe gehört, du wirst demnächst rausgeschmissen. Die *Villa* war für dich sowieso eine Nummer zu groß. Ich nehme an, du gehst ins Tierheim? Oder lebst du wieder auf der Straße? Da fühlst du dich bestimmt am wohlsten.« Dabei klimperte sie mit den Augenlidern, als würde sie irgendwelche belanglosen Nettigkeiten von sich geben.

Ferris schäumte vor Wut. Doch bevor ihm eine passende Antwort einfiel, öffnete sich die Eingangstür. Blitzschnell war er auf den Beinen und zwängte sich an verdreckten Stiefeln – waren das nicht die von Danny? – vorbei ins Haus.

»**HALT!** Unverschämtheit! Ich verlange sofort eine Antwort von dir!«, kreischte die Queen hinter ihm her.

Ferris verzog bloß das Gesicht. Darauf konnte sie lange warten. Er stiefelte die breite Treppe hoch in den ersten Stock. Plötzlich war ihm entsetzlich elend zumute. Seine Nase lief, und er spürte ein leichtes

Kratzen im Hals. Bestimmt hatte er sich bei diesem Sauwetter erkältet. Da war es das Beste, sich sofort in die Waschmaschine zu verziehen und zu schlafen. Und zu träumen, am liebsten natürlich von köstlichen Lachshäppchen … Hm, woher wusste die Queen eigentlich von seinen Problemen? Wurde in Katzenkreisen womöglich schon heftig getratscht?

Gedankenversunken tappte er den Flur entlang und hatte gerade die Tür seines Zimmers aufgestoßen, als er stutzte. »Schlechter Traum«, murmelte er und rieb sich energisch die Augen. »Eine Waschmaschine kann sich nicht so einfach in Luft auflösen.«

Konnte sie anscheinend aber doch. Denn dort, wo vor Stunden noch seine Waschmaschine zwischen zwei wurmstichigen Kleiderschränken gestanden hatte, klaffte jetzt eine hässliche Lücke. Ferris holte tief Luft. Nein, das war kein Traum. Das war ein Albtraum. Und daran konnten nur die Eindringlinge schuld sein. Schon hatte er kehrtgemacht und fegte mit schlimmsten Rachegedanken den Flur entlang, als ihm der Lichtschein unter der Badezimmertür auffiel. Was merkwürdig war, denn in der einzigen Lampe im Bad fehlte seit Jahren die Glühbirne.

Ferris hatte sie nie vermisst. Er konnte auch im Dunkeln hervorragend sehen.

Vermutlich bilde ich mir das nur ein, weil ich Fieber habe, überlegte er und fasste sich prüfend mit der Pfote an die Stirn. Aber die war kühl und feucht vom Regen. Kopfschüttelnd öffnete er die Badezimmertür und stellte fest, dass etwas Erstaunliches geschehen war: Von der Decke baumelte eine Glühbirne. Grelles Licht fiel auf abgeplatzte hellblaue Kacheln und eine Badewanne voller Rostflecken. Daneben – Ferris musste zwei Mal hinschauen – stand seine uralte Waschmaschine, und in der Trommel drehte sich inmitten eines Schaumbergs ein knallgelbes Stück Stoff. Ungläubig schlich Ferris näher. Jemand hatte nicht nur die Frechheit besessen, ungefragt eine Glühbirne einzuschrauben. Viel schlimmer noch: Die Waschmaschine war repariert! Und dort in der Trommel, war das Dannys T-Shirt? Natürlich, er erkannte es sofort wieder.

Eine halbe Ewigkeit lang verfolgte er mit den Augen, wie die Wäsche hin und her gewirbelt wurde. Bis es ihm endgültig reichte. Das war *seine* Waschmaschine, *sein* Schlafplatz, und den würde er sich nicht nehmen lassen. Niemals! In blinder Wut drehte er die Bedienungsknöpfe, einen nach dem anderen, mal in die eine Richtung, mal in die andere. Doch nichts tat sich. Die Maschine hörte einfach nicht auf. Da konnte er drehen, solange er wollte. Bis er schließlich die Tür aufriss. Ein kräftiger Schwall Wasser ergoss sich über ihn, und er konnte sich nur mit einem Sprung auf den Badewannenrand retten und hilflos zusehen, wie das Wasser aus der Waschmaschine strömte …

»**AUS! SCHLUSS! AUFHÖREN!**« Auf dem Badewannenrand balancierend, brüllte Ferris, bis er heiser war und ihm klar wurde: Die Wassermassen überforderten ihn. In Fällen wie diesen benötigte man einen Fachmann, einen tüchtigen Hausmeister nämlich, der die Dinge wieder ins Lot bringen würde. Jemanden wie Rüdiger. Wozu hatte man schließlich Personal?

Ferris sprang von der Badewanne, watete zur Tür, rannte den Flur entlang und die steile Stiege hinauf, wobei er eine feuchte Spur hinterließ. Ohne anzuklopfen, stürmte er in die Dachkammer. Dort waren alle Köpfe über ein Spielbrett gebeugt, denn es wurde gerade *Mensch ärgere dich nicht* gespielt. Er keuchte: »Rüdiger! Problem im Bad! Hochwasser! Du als Hausmeister …!«

In dem Moment wurde ihm klar, dass er vielleicht wirklich etwas mehr Sport treiben sollte. Unwillig blickte Rüdiger hoch. »Aber hallo! Hat das nicht Zeit? Wo ich endlich auch mal am Gewinnen bin.«

»Ähm, Chef, hast du gerade Hochwasser gesagt?« rief Uwe interessiert und fing hastig an, den Katalog durchzublättern. »Da hab ich was für uns. Es gibt jetzt nämlich ganz tolle Gummistiefel. Wenn wir die zusammen mit den Sicherheitshelmen bestellen, kriegen wir einen satten Extra-Rabatt.«

Ferris räusperte sich und richtete sich zu voller Größe auf. »Ich will keine Gummistiefel! Und keinen Helm! Ich will bloß, dass mein Hausmeister seinen Job macht. Und zwar auf der Stelle! Oder wollt ihr warten, bis das Wasser in die Dachkammer steigt? Oder noch höher?«

Einen Moment lang herrschte entsetztes Schweigen. Dann stotterte Uwe: »**KA-KA-KA-KATASTROPHE!**« Er sprang auf, wobei er versehentlich das Spielbrett mitsamt den Figuren zur Seite fegte.

Rüdiger seufzte. »Ich hätte hundertprozentig gewonnen. Eigentlich müsste ich mich krankschreiben lassen. Aber ich will mal nicht so sein. Also schauen wir uns die Sache an. Wenn mir vielleicht jemand aufhelfen könnte?«

Wenig später kletterten sie zu sechst die Treppe hinunter. Allen voran Uwe, der als Sicherheitsbeauftragter die Verantwortung trug. Dahinter Rüdiger, der bös hinkte und von Ferris und Jenny-Lou gestützt werden musste. Alice und Marlene hüpften aufgeregt hinterher.

»Und? Hab ich vielleicht zu viel versprochen?«, fragte Ferris mit triumphierender Stimme. Das Wasser schwappte mittlerweile bis in den Flur, denn im Bad schoss es immer noch aus der Waschmaschine.

Rüdiger kratzte sich ausgiebig am Kinn. »Aber hallo«, sagte er. »Welcher Idiot hat an der Waschmaschine rumgemacht? Solange sie schön kaputt war, gab's überhaupt kein Problem«. Empört blickte er sich um. »Also das hier ist wirklich 'ne Schweinerei. Jemand müsste mir meinen Werkzeugkasten holen. Der liegt irgendwo draußen im Garten. Dann könnte ich versuchen, das Ding wieder in den Griff zu kriegen. Wahrscheinlich brauchen wir neue Dichtungen und ...«

Ferris blickte ihn erschrocken an. »Was meinst du, wie lange das dauert?«

Rüdiger stapfte durchs Wasser. Breitbeinig baute er sich vor der Waschmaschine auf und wiegte den Kopf. »Na ja, ich würde sagen ... Zwei Tage? Vielleicht auch drei.«

»Oder zwei Minuten. Vielleicht auch drei?« Mit spöttischem Gesichtsausdruck raffte Jenny-Lou ihr langes Kleid, huschte über den Rand der Badewanne hinüber zur Waschmaschine und tauchte dahinter ab. Dann, wie von Zauberhand, versiegte das Wasser plötzlich. Nicht nur Ferris glotzte mit offenem Mund.

Jenny-Lou grinste hinter der Waschmaschine vor. »Tja, man muss sich eine Sache nur genau ansehen«, sagte sie kichernd und nahm die schwarze Hornbrille mit den dicken Gläsern ab, die ganz neu sein musste. »Und dann einfach den Wasserhahn zudrehen.« Immer noch kichernd, stakste sie zurück und zwängte sich an Rüdiger vorbei aus dem Badezimmer. »Ferris, kommst du mit? Wir spielen jetzt wieder *Mensch ärgere dich nicht.*«

Ein Plan

Nach der siebten Partie *Mensch ärgere dich nicht* hatte Ferris endgültig die Nase voll. »Ich geh jetzt schlafen«, knurrte er. »Blöde Würfel. Blödes Spiel.«

»Ärgere dich nicht«, kicherte Jenny-Lou und klopfte ihm freundschaftlich auf die Schulter.

Ferris verzog das Gesicht. Sie hatte gut lachen. Sie hatte siebenmal hintereinander gewonnen und musste sich außerdem keine Gedanken darüber machen, wo sie die Nacht verbringen würde. Ganz im Gegensatz zu ihm. In die Waschmaschine traute er sich nicht mehr, sein Lieblingsschaukelstuhl lag völlig durchnässt im Garten, und mit den anderen in der Dachkammer zu übernachten, wo Rüdiger garantiert gewaltig schnarchte, hatte er auch keine Lust.

Er winkte noch einmal in die Runde, bat Jenny-Lou, nachts in der Mäusedisco die Bässe etwas runterzudrehen, und suchte anschließend in sämtlichen Zimmern der Villa nach einem Schlafplatz, der für einen verwöhnten Kater wie ihn geeignet war … Vergeblich! Irgendwann gab er auf und trottete verdrossen ins Badezimmer. Der Fußboden war noch feucht, und in einer Ecke lag achtlos zusammengeknüllt das gelbe T-Shirt. Ferris seufzte. Dann sprang er auf den Badewannenrand. Er balancierte bis zur Waschmaschine und wollte gerade in die Trommel klettern, als sich ihm etwas Rotbraunes mit buschigem Schwanz entgegenstellte und rief: »**BE-BE-BE-BESETZT!**«

»Mo-Mo-Moment mal!« Jetzt war es Ferris, der vor Überraschung stotterte. »Das ist *meine* Waschmaschine und nicht deine. Also verschwinde gefälligst!«

Uwe gähnte. »Ach du bist es. Ich hab dich überhaupt nicht erkannt. Ich hab nämlich gerade so schön geschlafen. Und jetzt dachte ich, das seien die Eindringlinge und deshalb … Na gut, dann rück ich eben, dann hast du auch noch Platz.«

Schon hatte er sich wieder zusammengerollt und

war eingeschlafen. Ferris schob das Eichhörnchen unsanft ein Stückchen zur Seite und quetschte sich neben ihm in die Trommel. Bequem ging anders, aber er war so müde, dass ihm alles egal war. Zumindest bildete er sich das ein. Ziemlich schnell aber stellte er fest, dass er kein Auge zutun konnte. Aus Jennys **MAGIC-MAUS-DISCO** im Keller wummerten wieder einmal die Bässe, dass der Fußboden nur so bebte. Und Uwe schien schlecht zu träumen, denn er schlug mit den Vorderpfoten wild um sich. »Aua!«, schimpfte Ferris, als ihn ein Kinnhaken traf. Uwe kicherte im Schlaf, und Ferris gab auf. Er kletterte aus der Waschmaschine und hüpfte auf das schmale Fensterbrett, wo er schließlich erschöpft einschlief.

Es war das dumpfe **TOK-TOK-TOK** des Traktors von Otti Knirschke, das im Morgengrauen Ferris' herrlichen Traum von Hering in Tomatensoße beendete. Ärgerlich versuchte er, sich umzudrehen und weiterzuträumen, wobei er allerdings das Gleichgewicht verlor und unsanft auf dem nassen Badezimmerboden landete. Nach einem kurzen Blick in die Waschmaschine, in der Uwe – alle viere von sich gestreckt – selig schlief, sprang er wieder auf das Fensterbrett. Inzwischen war er hellwach. Die Nase an die Fensterscheibe gepresst, beobachtete er seinen Nachbarn, der den Anhänger mit Kohlköpfen beladen hatte und langsam den Schwalbenweg entlangtuckerte. Anscheinend musste die Queen mit zum Markt. Sie hockte mit genervter Miene neben Otti Knirschke, der schon wieder seine Hosenbeine hochgekrempelt hatte und sich mit verzweifeltem Gesichtsausdruck an den Waden kratzte.

»Interessant, interessant«, murmelte Ferris, »es scheint gewaltig zu jucken. Das bedeutet …« Er verstummte, während sich in seinem klugen Katerhirn allmählich ein genialer Plan entwickelte. Ferris blieb auf der Fensterbank sitzen, bis Otti Knirschke um die Ecke gebogen war, ließ sich alles noch einmal genau durch den Kopf gehen und stieß dann ein markerschütterndes **»KIKERIKI«** aus. Das war ihm soeben erst eingefallen und wirkte schlagartig.

In Nullkommanichts lugte Uwe aus der Waschmaschine. Er schlotterte vor Angst. **»KA-KA...«**

»Keine Sorge!«, unterbrach ihn Ferris. »Hier ist weit und breit kein Hahn. Das ist bloß unser neuer Wecker.«

»Aber du weißt doch, dass ich Schiss habe vor Hähnen. Weil mich einer mal quer über den ganzen Hühnerhof gejagt hat, damals, als ich …«

Ferris nickte ungeduldig. Er hatte die Geschichte schon hundertmal gehört und absolut kein Bedürfnis nach einer Wiederholung. »Hör her«, sagte er. »Vergiss den Hahn. Ich habe mir gerade den absolut perfekten Plan ausgedacht, wie wir die Eindringlinge ein für alle Mal vertreiben können.« Er hob die Pfote. »Nein, sag jetzt nichts. Ich fürchte nämlich, sie werden wieder auftauchen. Während ihr *Mensch-ärgere-dich-nicht* gespielt habt, habe ich mir alles genau angeschaut. Wozu stehen im Wohnzimmer immer noch die großen Kisten? Wozu die riesigen Scheinwerfer? Die Dinger sind wertvoll; ich weiß das noch aus der Zeit, als ich im Theater übernachtet habe. Jede Wette, diese Typen kommen zurück. Aber wir werden ihnen den Spaß verderben. Wir ...«

»**HÄ?**«, machte es von der Tür. Rüdiger, ein zerschlissenes Handtuch über der Schulter, schielte sehnsüchtig zur Badewanne hinüber. Als echter Waschbär liebte er nichts mehr als ein ausgedehntes Schaumbad am frühen Morgen.

»Super, dass du wieder gesund bist«, sagte Ferris und klopfte ihm freundlich auf die Schulter. »Falls die Eindringlinge wieder auftauchen – und danach sieht es leider aus –, müssen wir etwas unternehmen. Uwe und ich sausen jetzt rüber zu Otti Knirschke, solange er mit der Queen auf dem Markt ist. Dann fangen wir rasch die Flöhe, die in seinem Haus massenweise herumhüpfen. Ich weiß das genau, denn Otti Knirschke kratzt sich ständig. Anschließend setzen wir sie in unserem Wohnzimmer aus. Was meint ihr, wie fix Danny und Co wieder abhauen! So schnell kann man gar nicht schauen. Flohstiche sind nämlich sehr, sehr unangenehm.«

»Aber hallo!« Rüdiger hob anerkennend den Daumen. »Das ist ein klasse Plan, echt Chef. Da bin ich natürlich dabei, das ist Ehrensache. Aber ich glaube, das sind Katzenflöhe. Die hat bestimmt die Queen mitgebracht. Warum sollten sie an die Eindringlinge gehen? Leuchtet mir nicht ein.«

Ferris lachte. »Na, ganz einfach. Am liebsten mögen Katzenflöhe natürlich Katzen. Notfalls auch einen Waschbären oder ein Eichhörnchen. Aber wenn nichts davon da ist, nehmen sie auch mit den Eindringlingen vorlieb. Müssen sie, denn wir alle leisten uns ein paar Tage Urlaub an einem netten See. Wir legen uns in die Hängematte, angeln ein bisschen und machen das, was uns, gerade so einfällt. Wenn wir dann zurückkommen, hat der Spuk ein Ende, und die Villa gehört wieder uns.«

»Echt jetzt? Urlaub am See?«, riefen Uwe und Rüdiger mit leuchtenden Augen. Ferris nickte.

»Aber hallo! Auf geht's zur Flohjagd!«, rief der Waschbär begeistert. »Baden kann ich auch noch im See.«

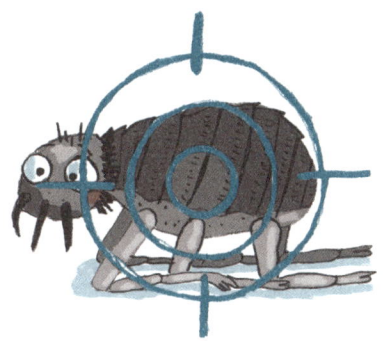

Die Jagd beginnt

»Es wäre wirklich gut, wenn wir alle drei bei dieser Aktion Sicherheitshelme tragen würden«, meinte Uwe und kletterte aus der Waschmaschine. »Wir wissen nämlich nicht, was uns drüben bei Otti Knirschke erwartet.«

»Jede Menge fetter Flöhe, hoffe ich doch.« Ferris grinste breit. »Die Sache ist für uns völlig ungefährlich, das könnt ihr mir glauben. Dazu brauchen wir weder Helm noch Codewort, und wir müssen auch nicht vorher die Lage checken wie beim letzten Mal.«

Nur zu gut erinnerten sich alle daran. Ihr letzter Besuch bei Otti Knirschke war eine absolute Katastrophe gewesen – obwohl sie sämtliche Sicherheitsmaßnahmen eingehalten hatten.

Uwe blickte betreten zu Boden. »Dann eben nur ein kleines Codewort«, bat er. »Ein klitzekleines würde schon reichen. Ohne komme ich nämlich nicht mit.«

»Na gut, von mir aus.« Ferris überlegte kurz. »*Hering?* Das ist schön kurz, schmeckt gut und ...«

Das Eichhörnchen warf ihm einen empörten Blick zu. »Das hatten wir doch schon beim letzten Mal. Jetzt brauchen wir natürlich ein anderes.«

»Wie wär's mit *Floh?*« Das kam von Rüdiger und war, wie alle fanden, wirklich ein geniales Codewort.

»Dann können wir ja endlich«, murmelte Ferris. Ungeduldig war er die ganze Zeit vor der Badewanne hin und her getigert. »Wichtig ist, dass wir schnell machen. Wir müssen zurück sein, bevor ...«

»... Otti Knirschke auftaucht«, beendete Uwe seinen Satz. »Alles klar, Chef! Rüdiger, hast du dir unser Codewort gemerkt?«

Der Waschbär zog entnervt die Augenbrauen hoch. »Aber hallo!«

»Nein, nein, nein!«, schimpfte Uwe. Mit verschränkten Armen baute er sich vor Rüdiger auf. »Unser Codewort heißt **FLOH**! Und nicht: *Aber hallo!* Merk dir das endlich! Mannomann, das fängt schon mal wieder super an. Mit einem falschen

Codewort bringst du uns alle in Gefahr. Falls nämlich Otti Knirschke und die Queen früher vom
Markt zurückkommen und wir immer noch drüben
sind, müssen wir uns mit dem richtigen Codewort
verständigen.«

»Oh! Ihr wollt zu Otti Knirschke?«, piepste es an
der Tür. Dort standen Marlene und Alice, die gerade von ihrer Disco-Nachtschicht gekommen waren.
Beide hielten eine Zahnbürste in der Pfote, denn sie
wollten sich vor dem Schlafengehen noch die Zähne
putzen. Wovon jetzt aber plötzlich nicht mehr die
Rede war. »Können wir bitte mitkommen?«, bet-
telte Marlene. »Eigentlich sind wir gar nicht richtig
müde. Und wir würden so gern mal wieder mit Otti
Knirschkes elektrischer Eisenbahn fahren. Nur eine
Runde. Oder zwei. Bitte!«

Ferris verkniff sich einen Seufzer. Eigentlich hatte er vorgehabt, die Sache allein mit Uwe zu erledigen. Dass Rüdiger auch mitkam, war ja in Ordnung. Aber so langsam schien es sich zu einem richtigen Familienausflug zu entwickeln.

»Bitte!«, riefen Alice und Marlene flehentlich, und Ferris blieb nichts anderes übrig, als zu nicken. Für lange Diskussionen war jetzt wirklich nicht die Zeit.

»Ehm ... Da ist noch was«, murmelte Rüdiger. »Klar, ich weiß, wir haben es eilig. Aber ich frag mich doch, wie wir die Flöhe fangen wollen. Otti Knirschkes Schrotgewehr nützt uns da nichts.«

Ferris räusperte sich. »Nun«, sagte er, »ich bin selbstverständlich davon ausgegangen, dass ein guter Hausmeister sich mit den neuesten Methoden der Flohjagd auskennt. Und von meinem Security-Beauftragten habe ich das natürlich ebenfalls erwartet.«

Rüdiger zupfte verlegen an seinen Pflastern herum. Er wollte etwas sagen, aber Uwe ließ ihn erst gar nicht zu Wort kommen. »Na klar kenne ich mich damit aus!«, rief er triumphierend und zog eine Rolle Klebeband aus einer der vielen Taschen seiner Sicherheitsweste. »Ich sage immer: Sicherheit in allen Lebenslagen. Für die Flohjagd habe ich hier extra ein Spezialklebeband mit zweistündiger Kurzzeitwirkung. Die Flöhe hüpfen drauf, bleiben kleben, und die Wirkung lässt nach genau zwei Stunden wieder nach.«

Ferris strahlte. Genau so etwas brauchten sie. Was für ein Glück, so einen patenten Sicherheitsbeauftragten mit Kurzzeitklebeband zu haben. »Sehr gut, Uwe. Wir legen dann das Klebeband mit den Flöhen überall in der Villa aus, packen unsere Sachen und ...«

»... genießen unsere Ferien am See, während die Blutsauger hier ihre Arbeit verrichten.« Uwe grinste, und die Mäuse tanzten vor Freude über den unerwarteten Urlaub den Flur auf und ab.

Wenig später schlichen sie hinüber zu Otti Knirschkes Häuschen. Uwe hatte den beiden Mäusen noch schnell das Codewort ins Ohr geflüstert, und jetzt stand ihrer Aktion eigentlich nichts mehr im Wege. Im Gegenteil, es sah ganz danach aus, als würde alles hervorragend klappen, denn die Haustür war lediglich angelehnt. Ferris wollte sie gerade aufstoßen, als jemand rief: »Hey, was macht ihr denn da?«

Fünf Köpfe drehten sich ruckartig um. Jenny-Lou, in einem knallroten Jogginganzug und einem Stirnband mit der Aufschrift *Disco-Queen,* trabte den Schwalbenweg entlang. Vor dem Gartenmäuerchen blieb sie stehen, machte ein paar Dehnübungen und fragte: »Sagt bloß, ihr macht einen Nachbarschaftsbesuch?«

Beschwörend legte Uwe den Finger auf die Lippen. »Pst!«

»Geheimnisse?«, fragte Jenny-Lou und hechtete mit einem eleganten Satz über die Gartenmauer. Sie deutete auf die Rolle Klebeband, die Uwe an sich presste. »Soll das ein Geschenk sein? Für Otti Knirschke? Verrät mir jemand, was hier abgeht?«

»Später«, meinte Ferris und nahm Uwe das Klebeband aus der Hand. »Wir haben es eilig. Wir müssen da drin schnell was erledigen, bevor Otti Knirschke vom Markt zurück ist.«

Jenny-Lou streifte sich das Stirnband ab und schüttelte ihre Rastazöpfe. »Da komme ich doch glatt mit«, meinte sie. »Mich interessiert nämlich brennend, wie es mittlerweile im Keller aussieht. Fast zwei Jahre haben wir dort unten Disco gemacht, und Otti Knirschke hat nichts mitgekriegt. Ohne die blöde Queen wäre alles noch so wie früher. War echt toll damals. Hab ich euch schon mal erzählt, wie das war, als die bekannte Band ...«

»Nicht jetzt!«, murrte Ferris. Jetzt war wirklich keine Zeit mehr zu verlieren. Er hatte die Tür gerade einen Spalt breit aufgeschoben, als Uwe rief:»Warte, Jenny-Lou kennt das Codewort ja noch nicht!« Er beugte sich zu ihr hinüber und sagte laut:»Hering.«

»Hering?« Rüdiger tippte sich an die Stirn.»Aber hallo! Vorhin hast du gesagt, unser neues Codewort ist *Floh*.«

»Ja, genau, es hieß *Floh*!«, piepsten Alice und Marlene gleichzeitig und nickten heftig.

»Bravo!« Uwe klatschte zufrieden in die Hände. »Das war bloß ein kleiner Test. Ob ihr euch das Codewort auch gemerkt habt. Falls nicht, kann nämlich ganz schön viel schiefgehen. Einer vergisst es, der nächste ...«

»Schluss damit!« Ferris reichte es endgültig. Vielleicht wäre es klüger gewesen, sich allein auf Flohjagd zu machen. Aber dazu war es jetzt leider zu spät. Er seufzte leise: »Wir gehen rein. Maximal eine Stunde, mehr Zeit haben wir nicht. Gerade hat es neun geschlagen. Gegen zehn kommt Otti Knirschke immer zurück. Und mit ihm die Queen.«

Teamarbeit

Auf den ersten Blick hatte sich nichts verändert in Otti Knirschkes Häuschen. Noch immer war der Flur ein einziges Chaos: Waschkörbe voller Klamotten (vermutlich alle aus dem Altkleidercontainer), Stapel vergilbter Zeitschriften, dazwischen ein Durcheinander von Eisenbahnschienen, kreuz und quer verlegt. Vor einem Haltesignal stand die schwarz lackierte Lok und schien nur darauf zu warten, dass jemand einstieg.

»Wir fahren gleich mal eine Runde!«, rief Alice aufgeregt und griff nach Marlenes Pfote. Schon hatten sie sich an den anderen vorbeigedrängelt und waren in den Führerstand gesprungen.

»Moment, Moment!« Uwe zog ein rotes Stoppschild aus einer seiner Westentaschen und hielt es in die Höhe. »Auf keinen Fall kann ich euch allein fahren lassen. Das ist viel zu gefährlich. Rückt ein Stück. Wir passen auch zu dritt rein.« Er prüfte kurz den Sitz seines Helms, schwang sich auf die Lok und winkte vergnügt. »Macht euch keine Sorgen. Ich hab die Sache im Griff.« Die Lok ratterte los, den Flur entlang. Kurz darauf schnaufte sie die Treppe hoch und übertönte Ferris' ärgerlichen Ausruf, dass jetzt aber alle Pfoten zur Flohjagd gebraucht würden.

»FLOHJAGD?«, fragte Jenny-Lou verblüfft. Mit großen Augen beobachtete sie, wie Ferris sich bemühte, das Klebeband abzurollen. »Ohne mich«, murmelte sie. »Ich bin dann mal unten. Tschüssi.« Sie warf Ferris und Rüdiger eine Kusshand zu und huschte quer über die Eisenbahnschienen hinüber zur Küche. Denn von dort führte eine Falltür in den Keller.

»Ich besorg uns 'ne Schere«, sagte Rüdiger hilfsbereit. »Dann geht das mit dem Klebeband einfacher. In der Küche müsste doch eine zu finden sein.«

Ferris nickte. »Beeil dich aber«, fügte er hinzu. »Wir haben viel zu tun.« Vorsichtig, um keinesfalls in dem Gewirr der Schienen zu stolpern, schlich er zum Wohnzimmer hinüber und sah sich um. Wo sollte man das Klebeband am besten platzieren? Das durchgesessene Sofa sah vielversprechend aus: Es war übersät mit langen weißen Katzenhaaren, und garantiert gab es dazwischen jede Menge Flöhe, die arglos auf das Klebeband spazieren würden. Aber wo blieb Rüdiger mit der Schere? So lange konnte das doch nicht dauern … **»RÜDIGER!«,** brüllte Ferris wütend.

Doch das hörte niemand, weil in diesem Moment die Lok in einen Tunnel fuhr und dabei einen grellen Pfeifton ausstieß. Ärgerlich riss Ferris mit den Zähnen am Klebeband herum. Endlich, beim dritten oder vierten Versuch, ließ es sich abrollen, und er konnte sich an die

Arbeit machen. Da man in diesem Fall bestimmt nicht sparen sollte, verteilte er das Klebeband großzügig im ganzen Wohnzimmer. Vom Sofa bis zu der alten Seemannskiste, dann einmal quer über den Fernseher und wieder von vorn.

Im Flur ertönten laute Jauchzer. Anscheinend vergnügten sich Uwe und die Mäuse immer noch mit der Eisenbahn. Ärgerlich riss Ferris die Wohnzimmertür auf und rief: »Schluss jetzt! Macht euch endlich an die Arbeit!«

Noch ein weiteres Mal legte er Klebeband aus. Schließlich trat er einen Schritt zurück und betrachtete zufrieden sein Werk. Jetzt waren die Flöhe dran, hoffentlich zahlreich – und vor allem bald. »Kommt, kommt, kommt«, lockte er mit sanfter Stimme. Es zeigte allerdings keinerlei Wirkung. Nicht ein einziger Floh ließ sich blicken. Und weil Ferris sich irgendwann lächerlich vorkam, wie er da an der Tür lehnte und ununterbrochen »kommt, kommt, kommt« flötete, tappte er zur Küche hinüber. Womöglich hatte seine Anwesenheit die Flöhe etwas verwirrt. Er musste ihnen einfach ein paar Minuten Zeit geben. Außerdem wollte er nach Rüdiger schauen.

Ferris öffnete die Küchentür, rief »Rüdi…!« und verstummte. Denn er stand plötzlich auf einer Baustelle: Ziegelsteine und schwere Eisenträger lagen wild durcheinander auf dem Boden, dazwischen eine angerostete Betonmischmaschine und aufgerissene Zementsäcke und jede Menge Bauschutt. Und alles war von einer dicken weißen Staubschicht überzogen. Lediglich der Küchenschrank, der mitten im Zimmer stand, und die geöffnete Bodenluke erinnerten noch an die frühere Küche.

»Da staunst du, was?«, kicherte Jenny-Lou und streckte den Kopf aus der Luke. »Ich hab von Jonny neulich schon gehört, dass Otti Knirschke umbaut. Aber dass es so krass ist, hätte ich nicht gedacht. Garantiert macht er das nur wegen der Queen. Weil sie doch immer so tut, als sei sie was Besseres. Deshalb hat er jetzt sogar eine richtige Speisekammer. Drüben, hinter dem Schrank.«

»Genau da findest du mich! In der Speisekammer!«, dröhnte Rüdigers Stimme. »Ich dachte, ich schau mich hier mal nach Flöhen um!«

»Und? Siehst du welche?«, fragte Ferris erwartungsvoll. Vorsichtig tappte er um den Schrank herum. Tatsache, Otti Knirschke hatte sich eine Speisekammer angebaut, sogar mit einem Fensterchen zum Garten hin. Ferris schob die Holztür ein wenig weiter auf und musterte mit großen Augen die Vorräte, die sich im Regal stapelten. Ob da vielleicht auch Hering in Tomatensoße dabei war?

»Beibber boch bein einbibber Bfloh«, nuschelte Rüdiger. Er hockte auf dem obersten Regalbrett und schlenkerte vergnügt mit den Beinen. Zwischen seinen Schenkeln klemmte ein großes Glas Erdbeermarmelade, aus dem er sich mit beiden Pfoten bediente.

»Hä?«, machte Ferris.

Rüdiger schluckte und wischte sich sorgfältig die verschmierte Schnauze ab. »Leider noch kein einziger Floh!«, sagte er mit Nachdruck. »Aber die Marmelade ist köstlich. Wir sollten unseren Nachbarn öfter besuchen.«

»Ach du lieber Himmel«, murmelte Ferris. An Otti Knirschke hatte er einen Moment lang gar nicht mehr gedacht. Energisch klatschte er in die Pfoten. »Weiter geht's! Wir sind schließlich zum Arbeiten hier. Als Nächstes legen wir jetzt Klebeband in der Küche aus. Jenny-Lou übernimmt den Keller. Könnte ja sein, dass sich ein paar Flöhe nach unten verirrt haben.« Er drehte sich zur Tür und rief in den Flur: »An der nächsten Haltestelle ist aber endgültig Schluss! Ihr seid lange genug Eisenbahn gefahren! Jetzt kümmert ihr euch um das Zimmer der Queen! Aber lasst noch ein paar Flöhe für sie übrig! In einer Viertelstunde sind wir hier fertig.«

»Aber hallo!« Rüdiger kletterte vorsichtig vom Regal. Er grinste breit. »Das ist mal wieder echt erfolgreiche Teamarbeit, was wir hier machen. Otti Knirschke kann uns bald ewig dankbar sein, dass wir ihn von diesen Viechern befreit haben.«

Mumie

Ganz so schnell, wie Ferris sich das vorgestellt hatte, ging es dann aber doch nicht. Denn Jenny-Lou war eingefallen, dass sie eigentlich mit zwei Freundinnen zum Frühstück verabredet war. »Moni und Bini, das sind zwei Kanalratten. Wir haben eine Weile zusammen im Keller unter einem Friseursalon gewohnt. Auf gar keinen Fall kann ich die beiden versetzen, das würden sie total übelnehmen.« Sie war schon an der Tür, als sie sich nochmals umdrehte und Ferris zuwinkte. »Das mit dem bisschen Klebeband kriegt ihr auch ohne mich hin. Tschüssi!«

»Vielleicht nehme ich dir das jetzt aber auch übel«, knurrte Ferris.

Rüdiger lachte. »Aber hallo! Du weißt doch, wie

Ratten so sind. Außerdem glaube ich nicht, dass irgendein Floh im Keller hockt. Da unten ist doch nichts mehr los, seitdem die Disco geschlossen ist.«

Womit er wahrscheinlich recht hatte. Ferris nickte. »Also kümmere du dich um die Küche«, sagte er. »Ich schau mal, wie weit Uwe und die Mäuse sind.«

Vorsichtig tappte er durch den Bauschutt und über die Gleisanlagen zur Treppe, die mit einem staubigen Teppich ausgelegt war. Leises Gemurmel war von oben zu hören. Anscheinend wurde dort bereits eifrig gearbeitet. Hervorragend! Ferris lächelte zufrieden – allerdings nur, bis er die Tür zum Zimmer der Queen öffnete. Denn anstatt Klebeband auszulegen, saßen die drei auf der Fensterbank und steckten die Köpfe in ein buntes Heft.

»He, Chef, sieh mal, was wir gefunden haben!«, rief ihm Uwe entgegen. »Die Queen schaut sich Mäuse-Comics an.«

»**SCHLUSS JETZT!**«, brüllte Ferris. Alice und Marlene, die sich gerade noch kichernd die Bäuche gehalten hatten, zuckten erschrocken zusammen. So aufgebracht hatten sie Ferris noch nie erlebt. Kleinlaut legte Uwe den

Comic zur Seite. »Ich dachte, dich interessiert bestimmt, was die Queen so macht, wenn …«

»Mich interessieren nur die verdammten Flöhe!«, blaffte Ferris. »Im Gegensatz zu

euch denke ich nämlich
an unsere Zukunft. Was meint ihr,
wie schnell wir auf der Straße sitzen, wenn sich die Eindringlinge erst mal richtig in der Villa eingerichtet haben? Dann werden Mausefallen aufgestellt, und am Schluss holt man den Kammerjäger, wenn sich das Eichhörnchen und der Waschbär nicht anders verscheuchen lassen. Und ob ihr mit einem neuen Zuhause so viel Glück habt wie die Queen …«

Neugierig blickte er sich um. Zwar war ihr Zimmer längst nicht so schön wie das letzte, als sie im Bungalow eines amerikanischen Pärchens gewohnt hatte. Aber Otti Knirschke hatte sich zumindest gewaltig Mühe gegeben, es gemütlich einzurichten: ein Himmelbett, in dem sogar eine so fette Katze wie die Queen genug Platz hatte, eine alte Hollywoodschaukel, zwei Fressnäpfe, die momentan leider leer waren, und sogar eine Wanduhr, die halb zehn zeigte und damit so ungefähr richtig gehen musste.

In diesem Augenblick verdunkelte sich das Zimmer. Ein riesengroßer

schwarzer Rabe mit einer silberfarbenen Gondel im Schnabel flog so dicht am Fenster vorbei, dass Ferris erschrocken einen Satz rückwärts machte. Doch dann erkannte er Jenny-Lous Freund Jonny, sprang auf die Fensterbank und beobachtete gespannt, wie der Rabe mit seinem Lufttaxi über den Kohlköpfen kreiste und schließlich auf dem Komposthaufen landete. Die verbeulte Gondel öffnete sich. Heraus sprang Jenny-Lou, die aufgeregt winkte und anscheinend etwas rief. Ferris riss das Fenster auf.

»Sofort abhauen!«, hörte er Jenny-Lou schreien. »Der Markt ist heute früher zu Ende! Wegen einer Unwetterwarnung! Otti Knirschke ist in drei Minuten da!«

»Sofortiger Rückzug!«, befahl Uwe mit zitternder Stimme.

»Aber nicht ohne Flöhe!«, rief Ferris. »Alle mir nach!«

So kurz vor dem Ziel würde er keinesfalls aufgeben. Zumal die Chance, dass mittlerweile im Wohnzimmer einige Flöhe auf das Klebeband spaziert waren, ziemlich groß war. Gefolgt von Uwe und den beiden Mäusen, stürmte er die Treppe hinunter und ins Wohnzimmer hinein. Er patschte mit beiden Pfoten nach dem Ende des Klebebands, das vom Fernseher herabhing. Von draußen war bereits das **TOK-TOK-TOK** des Traktors zu hören. Mit aller Kraft zog Ferris am Klebeband. Der Fernseher ruckelte hin und her, rutschte von der alten Seemannskiste und landete polternd auf dem Boden. »Uwe, jetzt hilf mir endlich!«

»Sofort. Bin noch in der Vorbereitung für unseren außerplanmäßigen Rückzug«, flüsterte das Eichhörnchen, und Ferris zog weiter am Klebeband. Etwas anderes blieb ihm auch nicht übrig, denn er klebte mit beiden Pfoten fest. Was ihn aber nicht weiter schreckte. Zum Glück hatte der Klebstoff ja nur eine Kurzzeitwirkung. Er lauschte. Der Traktor war verstummt.

»Wir müssen weg«, piepste Alice, die auf die Fensterbank gesprungen war und hinter einer quietschroten Plastikgießkanne nach draußen spähte. »Otti Knirschke kommt die Straße entlang. Mit der Queen auf dem Arm.«

»Na klar müssen wir weg!«, schimpfte Ferris. »Das weiß ich auch! Aber nicht ohne Flöhe. Wo bleibt denn Rüdiger? Er soll mir gefälligst …« *Helfen*, wollte er sagen, doch dazu kam er nicht mehr, denn beinahe wäre er über eine der Eisenbahnschienen gestolpert. Was hauptsächlich an Marlene lag, die ihm direkt vor die Füße gelaufen war. Im letzten Moment konnte er sich fangen und einen Schritt zur Seite machen. Dort lag jedoch schon die nächste Schiene. »Verdammt!«, fluchte er und drehte sich um die eigene Achse, wobei er sich so heillos im Klebeband verhedderte, bis er sich kaum noch bewegen konnte.

»Du siehst aus wie eine **MUMIE!**«, rief Alice. »Otti Knirschke wird einen Mordsschrecken kriegen und in Ohnmacht fallen. Er ist gleich da! Und die Queen

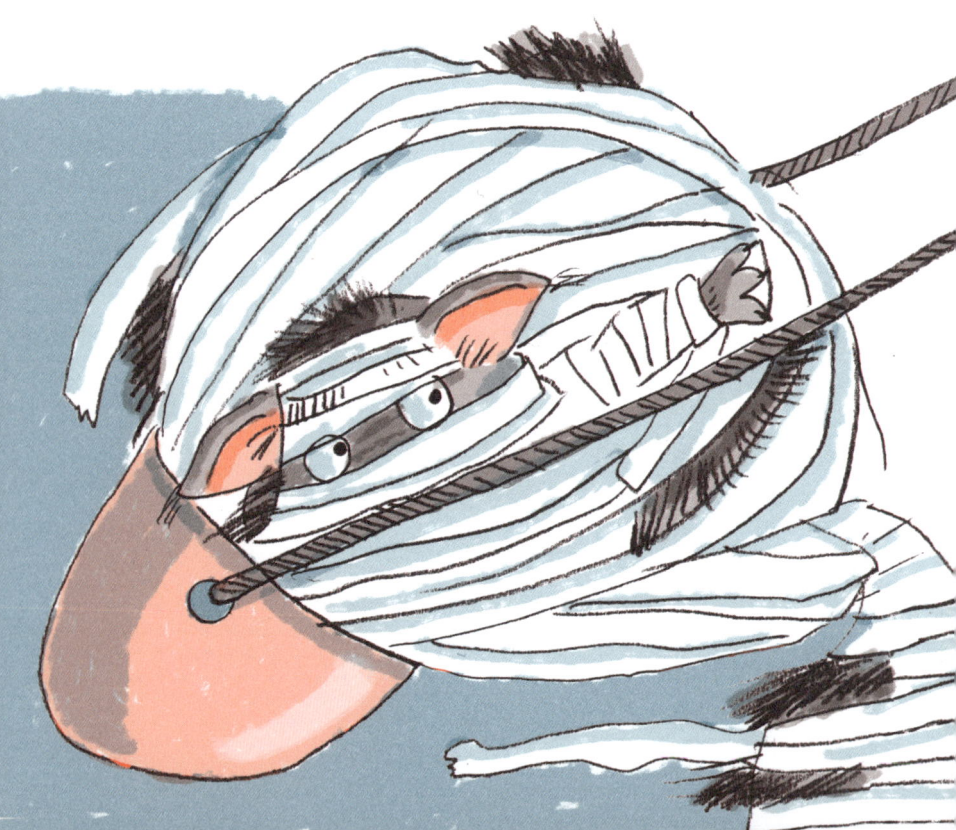

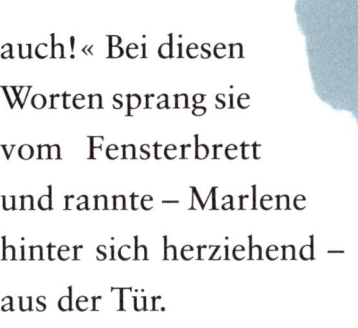

auch!« Bei diesen Worten sprang sie vom Fensterbrett und rannte – Marlene hinter sich herziehend – aus der Tür.

Wo war Uwe? Und was war mit Rüdiger? Ferris glaubte, ein Geräusch zu hören. War da nicht jemand am Fenster? »**HILFE!**«, rief er. Niemand antwortete. Wieder zerrte er am Klebeband. Doch je mehr er sich abmühte, umso mehr verfing er sich in dem widerlich klebrigen Gewirr. Er stöhnte laut auf. Nein, Otti Knirschke würde bestimmt nicht in Ohnmacht fallen. Viel wahrscheinlicher war, dass er zu seiner Schrotflinte griff. Und die Queen würde mit spöttischem Gesichtsausdruck zuschauen und …

»Mit dem Schiff übers Meeheeer sind wir gefahaaren …!«, schallte Otti Knirschkes Stimme durchs Haus.

Die Wohnzimmertür öffnete sich. Ferris kniff fest die Augen zusammen. Unsanft wurde er emporgezogen, wie ein Sack über eine Schulter geworfen und davongeschleppt. Ade, du schöne Welt, dachte Ferris und wünschte sich weit, weit weg.

»Lass ihn fallen!«, krächzte plötzlich eine Stimme. War das Jonny? Nein, das konnte nicht sein. Oder doch? Aber bevor er diesen Gedanken noch zu Ende gebracht hatte, ging es plötzlich steil abwärts. »Aua-Aua!«, schrie er, als er unvermittelt auf seinem Hinterteil landete.

»Aber hallo«, sagte jemand direkt neben seinem Ohr, und ein Stimmchen piepste: »Das wird schon wieder.«

Ungläubig öffnete Ferris zuerst das eine, dann das andere Auge. Konnte es sein, dass er gerettet war? Lag er etwa in Jonnys Gondel? Anscheinend ja. Alice, Marlene, Jenny-Lou und Uwe beugten sich über ihn und starrten ihn besorgt an. Rüdiger rieb sich die Schulter. »Ganz schön schwer, unser Chef«, keuchte er.

»Alle da?«, hörte Ferris den Raben rufen, auf dessen rotem Käppi *Jonnys Lufttaxi — fix wie nix* stand. »Bitte gut festhalten! Wir starten!«

Rasant und gefährlich knarzend stieg die Gondel in die Höhe. Sie schwebte einen Moment lang über dem Gemüsegarten, während Otti Knirschke mit offenem Mund am Wohnzimmerfenster stand und ihnen verdattert hinterherblickte. Dann beschrieb die Gondel eine kleine Kurve, bevor sie schließlich auf dem Dachfirst der Villa aufsetzte. Gezwungenermaßen, denn der Schwalbenweg war wieder einmal zugeparkt. Die Eindringlinge waren zurück.

Mal was anderes

Wie sie es zurück in die Dachkammer geschafft hatten, daran konnte Ferris sich später nur noch bruchstückhaft erinnern. Rüdiger hatte ihn wieder über der Schulter getragen, eine gefährliche Sache, denn die Ziegel waren glitschig vom Regen, und einmal wäre er tatsächlich fast ausgerutscht. Mit letzter Kraft hatte er es geschafft, Ferris durch die rettende Dachluke zu schieben. Unsanft plumpste der Kater zu Boden. Da lag er jetzt zwischen dem Überseekoffer und dem umgekippten Eimer und wimmerte leise vor sich hin.

»Tut mir echt leid, Chef, aber das ging nicht anders«, entschuldigte sich Rüdiger und versuchte vergeblich, einen fetten Marmeladenfleck von seinem

Schal zu wischen. »Ich weiß, dir tut das Hinterteil weh. Uwe holt gerade einen nassen Lappen. Du bekommst eine kalte Kompresse. Die hilft total. Aber hallo!«

»So'n Quatsch!«, fauchte Ferris. »Lasst mich bloß in Ruhe! Ich will endlich ausgewickelt werden. Mit diesem Klebeband fühle ich mich wirklich wie eine Mumie.«

Marlene tänzelte kichernd vor seiner Nase auf und ab. »Du siehst auch aus wie eine. Total witzig, echt! Jonny hat vorgeschlagen, dich ins Museum zu bringen.«

Ferris verzog den Mund zu einem müden Grinsen. Als Uwe mit einem triefend nassen Waschlappen in der Pfote vor ihm stand, schüttelte er energisch den Kopf. »IGITT! Ich vertrage kein Wasser. Sag mir lieber, wie lange das Klebeband noch klebt.«

»Ehm …« Uwe blickte sich um, als würde er von irgendwoher Hilfe erwarten. Aber Rüdiger hatte sich auf seinen Dachbalken verzogen, Alice schaukelte in der Hängematte, und Marlene übte konzentriert ein paar Ballettschritte. Und Jenny-Lou war wahrscheinlich schon längst wieder beim Frühstück mit ihren Freundinnen. »Ehm …«, wiederholte Uwe.

»Tja, da wollte ich sowieso gerade mit dir drüber reden. Wir haben nämlich ein klitzekleines Problemchen.«

»Klitzekleines Problemchen?« Ferris musterte ihn argwöhnisch. »Das heißt …?«

Das Eichhörnchen deutete auf die Taschen seiner Sicherheitsweste. »Sieh mal: Eine Tasche neben der anderen. Ich schleppe ganz schön viele Sachen mit mir rum, damit wir hier absolut sicher leben können. Soll ich dir mal zeigen, was ich alles dabei habe?«

»Ich will wissen, was das Problem ist!«

Uwe lächelte treuherzig. »Bei so vielen Taschen kann man sich schon mal vertun, vor allem wenn man's eilig hat. Wir haben leider nicht das Klebeband mit der Kurzzeitwirkung erwischt … sondern das mit der Zehn-Jahre-Klebe-Garantie.«

Ferris starrte ihn entgeistert an. »Zehn-Jahre-Klebe-Garantie. Das heißt …?«

»Toll, was?« Uwe strahlte. »Ich meine, wo kriegt man heutzutage noch so eine Garantie? Der Hersteller garantiert, dass sein Klebeband auch nach zehn Jahren noch genauso zuverlässig klebt wie am ersten Tag. Echte Qualität eben. War aber auch nicht ganz billig.«

»**IDIOT!**«, brüllte Ferris. »**IDIOT! IDIOT!**« Am liebsten hätte er Uwe gepackt und eigenhändig aus der Villa befördert. Doch er lag ja leider bewegungsunfähig auf dem Boden. »Idiot!«, brüllte er also hilflos ein weiteres Mal. »Und jetzt?«

»Zehn Jahre warten«, quiekte Alice und fügte, als sie Ferris' Miene sah, schnell hinzu: »War ein Scherz! Man könnte das Klebeband ja einfach wegschneiden.«

»Genau! Daran habe ich selbstverständlich auch schon gedacht«, sagte Uwe eifrig. Er überlegte kurz, dann griff er in die oberste Westentasche und zog seine Nagelschere heraus. »Ich mache mich gleich mal an die Operation. Bitte stillhalten! Nicht dass ich versehentlich mit der Schere ausrutsche.« Er grinste. »Mach dir keine Sorgen. Das kriege ich hin.«

»Hoffe ich«, murmelte Ferris, und Uwe machte sich daran, ihn vom Klebeband zu befreien. Was bei Ferris' dichtem Fell entsetzlich lange dauerte und gewaltig ziepte. »Und?«, fragte er immer wieder. »Floh in Sicht?«

Uwe schüttelte den Kopf. Reden konnte er nicht; er musste sich voll auf die Arbeit konzentrieren. Ermattet schloss Ferris die Augen. Alles war umsonst gewesen. Die Eindringlinge waren zurück – bis in die Dachkammer hörte man sie lärmen –, und er hatte weder einen Floh noch einen neuen Plan. Es war zum Verzweifeln!

»Huch, was geht denn hier ab?«, hörte er plötzlich Jenny-Lou kreischen. Erschrocken fuhr Ferris hoch. Anscheinend war er vor Erschöpfung eingeschlafen. Jenny-Lou war zurück und Uwe mit seiner Arbeit fertig. Er hatte es tatsächlich geschafft, den Kater vom Klebeband zu befreien. Vorsichtig bewegte Ferris eine Pfote nach der anderen und richtete sich schließlich auf.

»Du liebe Güte«, sagte Jenny-Lou und zog die Augenbrauen hoch. »Welcher Stümper hat denn das verbrochen? Ferris, nie im Leben kannst du so auf die Straße gehen. Das ist kein Fellschnitt. Das ist der **SUPERGAU!**«

Und schon umringten ihn alle: Marlene und Alice, die sich kichernd die Pfoten vor den Mund hielten, einander anstießen und vielsagend die Augen verdrehten. Uwe, der sich wortreich verteidigte, dass es sich um eine medizinische Maßnahme gehandelt habe, eine Not-Operation nämlich. In einem solchen Fall könne man wirklich keine Rücksicht auf Schönheit nehmen. Sogar Rüdiger war von seinem Dachbalken heruntergeklettert. Er stand da, machte ein bedenkliches Gesicht und murmelte: »Aber hallo.« Begeistert klang das nicht.

»So schlimm?«, fragte Ferris beklommen.

Niemand antwortete.

»Ich könnte daraus höchstens einen flotten Kurzfellschnitt machen«, unterbrach Jenny-Lou schließlich das Schweigen und griff nach der Schere. »Damit man diese abscheulichen Löcher nicht mehr sieht. Dadurch wäre schon viel gewonnen.« Sie lachte, als sie Ferris' besorgte Miene sah. »Entspann dich. Das ist überhaupt kein Problem für mich. Ich hab dir doch erzählt, dass ich mit meinen beiden Freundinnen unter einem Friseursalon gewohnt habe. Seitdem bin ich fit, was Haare angeht. Ich würde mich sogar an eine Dauerwelle wagen. Aber dazu ist dein Fell momentan nicht lang genug.« Sie fuchtelte mit der Schere vor seiner Nase herum. »Ehm … Ich wollte mit dir sowieso schon längst mal über eine Typveränderung reden. Eine, die deine Persönlichkeit unterstreicht. Du weißt, was ich meine …«

Ferris hatte zwar nicht die geringste Ahnung, was sie meinte, aber es hörte sich gut an, und so nickte er. Jenny-Lou erzählte und erzählte, während sie an Ferris' Fell herumschnippelte. Von irgendwelchen Stars, die sie im Friseursalon gesehen habe und dass es eine geile Zeit gewesen sei. »Aber alles ist mal fertig«, sagte sie schließlich. »Sogar dein Fellschnitt.« Sie trat ein paar Schritte zurück, legte den Kopf schief und meinte. »Ich will mich ja nicht selbst loben, aber diese Frisur ist eine echte Sensation. Einfach Fell, das trägt heutzutage doch jeder. Das hier ist mal was ganz anderes.«

»Ja, mal was ganz anderes«, echoten Marlene und Alice aus ihrer Hängematte, und Rüdiger nickte.

Lediglich Uwe sagte nichts. Erschöpft war er über dem Katalog mit den Sicherheitshelmen und Gummistiefeln eingeschlafen.

Ferris streckte sich, stand auf und stolzierte zur Tür.

»Wo willst du hin?«, rief Jenny-Lou ihm hinterher.

»Ins Bad. Ich bin ja so gespannt darauf, was du gezaubert hast.«

Überraschung

So richtig eitel war Ferris eigentlich nicht. Ein bisschen aber schon. Das lag hauptsächlich daran, dass sein Fell, das früher entsetzlich struppig gewesen war, mittlerweile seidig glänzte. Seiner Meinung nach lag es daran, dass er jeden Tag drei Mal Hering in Tomatensoße zu sich nahm. Und schon oft hatte er von den anderen Katzen des Viertels gehört, dass ein gut aussehender Kater wie er doch mehr aus sich machen könnte. Was jetzt ja geschehen war.

Im Badezimmer rumpelte die Waschmaschine, wieder einmal mit Dannys gelbem T-Shirt. Aber nicht einmal darüber regte sich Ferris auf. Erwartungsvoll grinsend sprang er auf das Waschbecken. Erwartungsvoll grinsend blickte er in den Spiegel. Und zuckte augenblicklich erschrocken zusammen, denn ein **MONSTER** grinste ihn an … Ferris tatschte mit der Pfote auf den Spiegel. Das Monster tatschte zurück … Da endlich begriff er: Das war ja er selbst! Ein Monster mit wildem Wellenmuster im Fell. Wie bei einem Pudel standen die Haare an seinen Pfoten ab. Und mitten auf seinem Kopf ragte ein einsames Fellbüschel wie ein Pinsel empor. Einfach lächerlich!

Sofort fiel ihm die Queen ein. Bei dem Gedanken, sie könnte ihn so sehen, wurde ihm übel. Natürlich würde sie sofort ihren Freundinnen davon erzählen! Rasend schnell würde es sich im Viertel verbreiten, was für eine Witzfigur er war. Ferris schäumte vor Wut. Sein Personal hatte tatenlos zugeschaut, während Jenny-Lou ihn grauenhaft verunstaltet hatte. Am liebsten hätte er sie alle auf der Stelle rausgeschmissen. Doch schnell beruhigte er sich wieder, denn er wusste, er brauchte sie. Ihm

würde also nichts anderes übrig bleiben, als sich zu verkriechen und zu warten, bis das Fell nachgewachsen war. Am liebsten in der Waschmaschine.

Während er noch darüber nachgrübelte, wie Jenny-Lou es geschafft hatte, das Wasser abzustellen, nahm er plötzlich einen interessanten Geruch wahr. Er schnupperte. Zuerst ungläubig, dann mit wachsender Begeisterung … Hering? Er hüpfte vom Waschbecken, tappte zur Tür und hinaus auf den Flur. Jetzt roch er es ganz deutlich. Ein köstlicher Duft zog durch die Villa, und wenn Ferris sich nicht sehr täuschte, roch es sogar tatsächlich nach Hering in Tomatensoße. Verzückt leckte er sich über die Lippen. War es möglich, dass es unten schon wieder ein kaltes Buffet gab?

In diesem Fall sollte man unbedingt nachschauen, ob da vielleicht etwas ging – missglückter Fellschnitt hin oder her. Hauptsache, er bekam endlich wieder was in den Magen, der inzwischen vor lauter Schwäche nicht einmal mehr knurren konnte. Mit zwei, drei Sprüngen war Ferris auf der Treppe zum Erdgeschoss, wo er beinahe mit seinem Sicherheitsbeauftragten zusammengestoßen wäre.

»KA-KA-KA-KATASTROPHE!«, stotterte Uwe, als er Ferris sah. Erschrocken richtete er sich auf und wäre fast rückwärts die Treppe hinuntergekullert, wenn der Kater ihn nicht in letzter Sekunde gepackt hätte.

»Ach was«, meinte Ferris kopfschüttelnd, »von Katastrophe würde ich nicht sprechen. Mein neuer Fellschnitt ist eben ungewohnt, dafür aber etwas ganz Besonderes. Du solltest ruhig auch mal was Neues wagen. Frag doch Jenny-Lou! Sie kann sogar Dauerwelle. Das wäre doch was für dich!«

Uwe zog ein Gesicht, als hätte er Zahnschmerzen. »Ist momentan eher ungünstig. Als Sicherheitsbeauftragter bin ich dabei, mich um die Eindringlinge zu kümmern. Sie sind nämlich wieder da«, fügte er hinzu, als sei das die neueste Neuigkeit. »Ich checke gerade die Lage. Mein Plan ist, ins Wohnzimmer zu schleichen und ihnen einen gewaltigen Schrecken einzujagen.«

»Ausgezeichnete Idee von dir«, sagte Ferris. »Aber du hast heute schon genug geleistet. Besser, *ich* erledige das.«

»Ach was! So schlimm siehst du gar nicht aus!« Das kam von Rüdiger, der eilig die schmale Stiege von der Dachkammer herunterhumpelte. »Ich bezweifle, dass du ihnen mit diesem Fellschnitt wirklich einen Schrecken einjagst. Außerdem ist das *meine* Aufgabe. Im Schreckeinjagen bin ich nämlich einsame Spitze.«

Und dann wuselten mit einem Mal auch noch Alice und Marlene auf der Treppe herum, und Jenny-Lou rief von oben:»Wartet gefälligst auf mich! Ich muss noch schnell meine Brille suchen!«

Ferris horchte auf.»Jenny-Lou trägt **EINE BRILLE?**«

Alice nickte.»Nur für die Nähe. Da sieht sie nämlich fast gar nichts. Aber sie hat sie mal wieder verlegt.«

Ferris fuhr sich verärgert durchs Fell und verkniff sich einen bösen Kommentar. Außerdem ging es jetzt um wichtigere Dinge als einen misslungenen Fellschnitt. Um Hering in Tomatensoße nämlich, der inzwischen so deutlich zu riechen war, dass Ferris das Wasser im Maul zusammenlief. Den anderen ging es wahrscheinlich ähnlich. Nebeneinander lehnten sie jetzt am Treppengeländer und blickten sehnsüchtig hinunter zum Wohnzimmer.

»Ich kann's kaum noch abwarten«, flüsterte Marlene und trippelte ungeduldig auf der Stelle.

»Und ich erst!« Jenny-Lou drängelte sich plötzlich

zwischen sie. Sie fuchtelte mit ihrer Brille herum und rief: »Von mir aus kann's losgehen!«

Ferris hüstelte. »Ich weiß es wirklich zu schätzen, dass ihr alle den Eindringlingen einen Schrecken einjagen wollt. Aber das ist für euch viel zu gefährlich. Wer weiß, wie diese Typen reagieren. Nein, dieses Risiko ist einfach zu groß.«

Doch ob es Ferris nun passte oder nicht – alle wollten unbedingt mit. Denn niemand konnte diesem herrlichen Duft widerstehen, der immer intensiver wurde, je näher sie dem Erdgeschoss kamen.

»Mit vollem Bauch bin ich besonders gut im Schreckeinjagen«, sagte Uwe. Rüdiger, Jenny-Lou und die beiden Mäuse nickten, denn ihnen ging es ebenso.

Schließlich nickte auch Ferris. »Ein Wort aber noch«, flüsterte er, als sie vor dem Wohnzimmer standen. »Der Hering in Tomatensoße ist ausschließlich Chefsache. Also Pfoten weg. Damit das klar ist.«

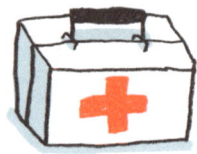

Überfall

Nachdem das Wichtigste geklärt war, fand Ferris, dass die Plünderung des kalten Buffets endlich beginnen konnte. Er lauschte. Im Wohnzimmer spielte jemand auf dem Flügel. Einen Walzer vielleicht, er kannte sich damit nicht so gut aus. Es war Mathilda, das Mädchen mit den roten Sandalen, wie er erleichtert feststellte, als er vorsichtig durch den Türspalt lugte. Sie trug ein weißes Spitzenkleid, hatte die langen Haare offen und war so versunken, dass sie nicht bemerkte, wie sich hinter ihr die Tür sacht öffnete.

Im Gänsemarsch tappten die sechs auf leisen Sohlen durchs Wohnzimmer. An der Spitze Ferris, gefolgt von Uwe und den beiden Mäusen. Sie hielten

Pfötchen und strahlten voller Vorfreude auf Käse und ähnliche Köstlichkeiten. Dann folgte Jenny-Lou und am Schluss Rüdiger, der die Aufgabe hatte, die Tür absolut geräuschlos wieder zu schließen.

Es war fast dunkel im Raum. Vor dem Fenster hing ein dicker Vorhang; lediglich ein paar Kerzen auf dem Flügel gaben ein wenig Licht. Doch Ferris hätte selbst in tiefster Finsternis den Weg zu den herrlichen Delikatessen auf dem Tisch gefunden. Vor allem zu dem Teller mit Hering in Tomatensoße, über den er sich sofort gierig hermachte ... Bis er neben sich lautes Schmatzen hörte. Er drehte den Kopf.

»Aber hallo«, flüsterte der Waschbär und schob sich mit seligem Grinsen eine Ecke Schmelzkäse in den Mund. »Das ist wie Weihnachten und Geburtstag zusammen.«

Ferris nickte und klopfte Jenny-Lou, die hinter seinem Rücken ein Stück Hering gekrallt hatte, unsanft auf die Pfote.

»'tschuldigung«, murmelte sie, »ich hab das nicht so genau gesehen.« Sie rückte ihre Brille zurecht und nahm sich stattdessen einen großen Käsecracker.

Ja, es ist wie Geburtstag, dachte Ferris, als Mathilda eine Melodie anstimmte, die ihm bekannt vorkam.

Und dann fiel ihm auch wieder ein, wie das Lied hieß: *Zum Geburtstag viel Glück* … Er lächelte vor sich hin, während er hingebungsvoll die letzten Reste vom Teller schleckte. Für einen Moment vergaß er alles: den missratenen Fellschnitt, die Eindringlinge, die Sorge, vertrieben zu werden. Ihm war, als hätte er an diesem Tag wirklich Geburtstag. Mit vollem Mund brummte er das Lied mit und griff gerade nach einem Lachsschnittchen, als plötzlich die Tür aufflog. Ein Mann im hellen Anzug kam ins Zimmer gestürmt. Er trug eine schwarze Strumpfmaske über dem Kopf, eine Pistole in der Hand und brüllte: **»HÄNDE HOCH!«**

Abrupt endete das Klavierspiel. Mathilda drehte sich um, und Ferris konnte die Panik in ihrem Gesicht erkennen. Rumpelnd fiel der Hocker zu Boden, als sie aufsprang. Der Mann kam immer näher. Er griff nach ihrem Arm. »Hilfe«, schluchzte Mathilda, »Hilfe …«

Im selben Augenblick hatte Ferris auch schon zu einem seiner berühmt-berüchtigten Sprünge angesetzt. Dabei fegte er mit den Hinterpfoten ein paar Gläser vom Tisch, die klirrend auf dem Boden landeten. Doch das wurde übertönt von seinem infer-

nalischen Fauchen, als er wie eine Rakete durch das
Wohnzimmer schoss – genau auf den Mann zu, der
nicht begriff, wie ihm geschah: Dass sich nämlich etwas schmerzhaft an ihm festkrallte und nicht mehr
abschütteln ließ.

»Verdammtes Mistvieh!«, brüllte er und machte
einen Schritt rückwärts, wobei er über den Hocker
stolperte und der Länge nach auf den Boden knallte.

»Verdammtes …!«

Ferris grinste nur. Breitbeinig stand er auf der Brust
des Mannes, bereit, sofort wieder seine gefährlichen
Krallen auszufahren. Aus den Augenwinkeln beobachtete er, wie sich sein Personal eilig aus dem Zimmer davonmachte.

»Verdammtes Mistvieh!«, wiederholte der Mann.
Er nieste heftig und riss sich die Strumpfmaske vom
Gesicht.

Danny! Verwirrt sprang Ferris von seiner Brust.
Irgendetwas stimmte hier nicht! In seinem langen
Katerleben hatte er die Erfahrung gemacht, dass
man sich in solch unklaren Situationen am besten
so schnell wie möglich verdrückte. Was momentan
allerdings schwierig war, denn jetzt stand die dicke
Frau in der Tür, mit einem Erste-Hilfe-Koffer in

der Hand. Plötzlich wimmelte es im Zimmer nur so von Menschen. Die Deckenlampe ging an, und dann entdeckte Ferris auch eine große Kamera, die direkt auf ihn gerichtet war.

Mathilda, die mit einem Mal überhaupt nicht mehr ängstlich aussah, ging neben ihm in die Hocke und kraulte ihn am Kinn.

»He, was ist denn mit dir passiert? Du siehst ja witzig aus. Und was sollte das gerade eben? Wegen dir müssen wir die Szene jetzt noch mal drehen. Dabei sollte der Film schon längst fertig sein.«

Ferris maunzte leise. Ein Film! Natürlich! Warum war er denn nicht gleich darauf gekommen? Die Eindringlinge drehten einen Film. Aber das bedeutete ja, dass … Weiter kam er mit diesem Gedanken nicht, denn jetzt stand die dicke Frau neben ihm und packte ihn mit beiden Händen.

»Hört mal her!«, rief sie und hielt den zappelnden Ferris in die Höhe. »Ich überlege schon die ganze Zeit, ob unserem Film nicht noch etwas fehlt. Jetzt eben bin ich drauf gekommen: Es fehlt ein Tier, und zwar eines wie dieses hier. Schon allein durch sein absonderliches Aussehen ist es unverwechselbar. Leute, das macht unseren Film erst so richtig rund!«

»**BUH!**«, rief Danny und nieste. »Mona, du hast ja keine Ahnung. Das ist kein Tier. Das ist ein Ungeheuer. Habt ihr gesehen, wie brutal es mich angegriffen hat? Außerdem reagiere ich allergisch. Wenn ihr mich fragt, dann ist das der Kater, der gestern das kalte Buffet weggefressen hat ... Hatschi! Hatschi! Hatschi! ... Ich finde, in unserem Film hat dieses Mistvieh nichts zu suchen.«

»Führe *ich* hier Regie oder du?«, rief Mona aufgebracht. »Die Szene eben war grandios!«

Eine Weile wurde lautstark hin und her diskutiert. Ferris hörte, wie Mathilda rief: »Das wäre total cool, wenn er mitspielen würde!«

Mona hatte Ferris behutsam auf den Boden gesetzt, und so konnte er sich Richtung Tisch davonschleichen. Abhauen wollte er inzwischen nicht mehr. Zum einen, weil es jetzt wirklich interessant wurde (wenn er alles richtig verstanden hatte, war ihm nämlich gerade eine Filmrolle angeboten worden). Zum anderen, weil noch Lachsschnittchen übrig waren und die Filmleute überhaupt nicht den

Eindruck machten, als würden sie ihm die nicht gönnen. Im Gegenteil: Plötzlich lachten alle, als er über den Tisch spazierte. Ein junger Mann hielt die Kamera auf ihn, und alle (außer Danny natürlich) waren begeistert, mit welcher Geschwindigkeit und Eleganz er ein Lachsschnittchen nach dem anderen verspeiste.

»Unser neuer Star!«, rief Mona begeistert.

Ferris rülpste leise.

Höhenflug mit Bauchlandung

Beschwingt kletterte Ferris gegen Abend die Stiege zur Dachkammer hoch. Er hatte sich noch rasch über zwei herrenlose Leberwurstbrote hergemacht (dass sie Danny gehörten, hatte er ja nicht ahnen können) und war so satt wie selten. Und äußerst gut gelaunt. Dementsprechend schwungvoll riss er die Tür zur Dachkammer auf.

»Huch!«, machte Rüdiger und wäre vor Schreck fast vom Dachbalken gefallen. »Aber hallo! Sag bloß, du hast das überlebt. Die Pistole und so … Wir dachten schon …«

Ferris ließ sich neben Uwe nieder, der ein Gesicht zog, als würde er Gespenster sehen, und grinste. »Jetzt macht euch mal locker. Das Ganze war doch nur geschauspielert. In unserer Villa wird bloß ein Film gedreht und …«

»**WAAS? EIN FILM?**« Uwe zitterte immer noch.

Ferris tätschelte beruhigend seinen Rücken. »Sag ich doch.« Suchend blickte er sich um. »Wo steckt eigentlich Jenny-Lou? Sie muss sich um die Waschmaschine kümmern. Ich brauche heute Nacht ungestörten Schlaf. Morgen geht's für mich mit den Dreharbeiten los.« Rüdiger und Uwe starrten ihn verständnislos an. »Ich bin nämlich der neue Star des Films«, fügte er hinzu. »Alle finden, dass ich großes schauspielerisches Talent habe. Mona, das ist die Regisseurin, hat mich deshalb vom Fleck weg engagiert. Tja, ihr lebt jetzt mit einer echten Berühmtheit unter einem Dach.« Er reckte sich und blickte verträumt nach oben, wo durch ein Loch im Dach ein heller Stern glitzerte. »Wer weiß, wohin mich meine Karriere noch führen wird. Nach Hollywood? Möglich ist alles.« Er grinste zufrieden. Die Queen würde Augen machen!

»Dann brauchst du aber unbedingt einen Bodyguard!«, rief Uwe. »Zum Glück war das Teil meiner Ausbildung. Ich benötige dazu allerdings eine andere Weste. Hier, schau mal, im Katalog auf den Seiten 46 und 47 gibt es extra Westen für Bodyguards. Wir können sie zusammen mit den Helmen und den Gummistiefeln bestellen, da sparen wir gewaltig und ...«

»Morgen«, unterbrach ihn Ferris gähnend. »Darüber reden wir morgen. Ich will jetzt in meine Waschmaschine. Wo bleibt denn Jenny-Lou? Sie muss sich um das Wasser kümmern.«

»Bei Jenny-Lou könnte es heute mal wieder spät

werden«, meinte Rüdiger. »Jonny hat sie und Alice und Marlene vorhin abgeholt. Sie wollten in die Stadt. Es gibt da eine Mäusedisco, die letzten Samstag neu aufgemacht hat.«

Uwe, der in seinem Katalog herumblätterte, blickte auf. »Jenny-Lou fürchtet, dass jetzt alle dorthin gehen. Deshalb schaut sie sich mal an, was da geboten wird. Aber das mit der Waschmaschine kriegt Rüdiger auch hin. Schließlich ist *er* der Hausmeister.«

Ferris winkte hastig ab. »So wichtig ist es mir nicht«, behauptete er, schob Uwe ein Stückchen beiseite und rollte sich dann neben ihm auf dem Überseekoffer zusammen. »Ich finde es hier oben auch sehr gemütlich.«

Was eine fette Lüge war. Genau genommen war die Dachkammer nichts anderes als eine staubige Rumpelkammer. Doch für eine Nacht ließ es sich aushalten, fand Ferris. Viel schlimmer wäre, wenn Rüdiger die Villa unter Wasser setzen würde. Dann wäre es nämlich aus und vorbei mit dem Film und seiner Karriere als Schauspieler.

Er war schon fast eingeschlafen, als Uwe ihn anstieß. »He, Chef, wie geht die Sache weiter? Verschwinden die Typen von allein, wenn der Film fertig ist? Oder müssen wir doch nachhelfen und nochmal Flöhe besorgen?«

»Untersteh dich«, murmelte Ferris. »Zum Glück hat es mit den Biestern nicht geklappt. Gute Nacht.«

Obwohl er schrecklich unausgeschlafen war, stand Ferris am nächsten Morgen schon in aller Frühe auf. Anscheinend war er nicht der Einzige, denn im Badezimmer hörte er Rüdiger vergnügt in der Wanne plantschen. Gut gelaunt streckte er den Kopf ins Bad und rief: »Viel Vergnügen!« Dann düste er die Treppe hinunter und stand wenig später im Vorgarten der Villa, von wo aus er den besten Blick auf das Nachbarhäuschen hatte. Auch Otti Knirschke war bereits wach. Ferris beobachtete, wie er sich dampfenden Kaffee in eine große Tasse goss und ein Stück Brot eintunkte. Dabei redete er pausenlos auf jemanden ein, den Ferris nicht sehen konnte. Bestimmt die Queen, die er wie immer auf dem Arm trug, als er endlich aus der Haustür trat.

Im selben Augenblick legte Ferris im Vorgarten mit seinem Sportprogramm los.

Otti Knirschke, an diesem Tag in einem dicken blau-weiß geringelten Wollpullover und einer grün

gestreiften Hose, blieb am Gartentörchen stehen.
»Ahoi!«, rief er freundlich und lüpfte sein knallgelbes Basecap mit dem Aufdruck *Frische Eier kauft man nur bei Meier.* »Du bist neu im Schwalbenweg, nicht wahr? Was für eine Sorte Tier bist du denn?« Er runzelte die Stirn. »Irgendwie kommst du mir bekannt vor.« Er setzte die Queen ab und bückte sich, um sich ausgiebig am Schienbein zu kratzen.

»Ach du lieber Himmel«, kreischte die Queen. »Ja, was für eine Sorte Tier bist du denn?« Sie reckte den Kopf, um Ferris besser sehen zu können. »Was ist denn mit dir passiert? Absolut geschmacklos! Hat man dich noch nicht rausgeschmissen? Was machst du da überhaupt?«

Ferris tat, als habe er sie nicht gehört. Auf dem Bauch liegend, stemmte er sich ein paarmal mit den Vorderpfoten in die Höhe, keuchte dabei: »Achtundneunzig … neunundneunzig.« Bei »hundert« sprang er auf.

»Sitzt du auf den Ohren?« Die Queen warf ihm einen giftigen Blick zu. »Ich verlange sofort eine Antwort! Was soll dieses Theater?«

Ferris schüttelte zuerst die Vorderpfoten aus, dann

die Hinterbeine. »Liegestützen«, sagte er knapp und ließ den Kopf kreisen.

»Wozu machst du Liegestützen?«

»Als Filmstar muss man topfit sein. Du hast sicher schon bemerkt, dass gerade Filmleute in der Villa sind. Sie drehen einen Film mit mir. Und mein neuer Fellschnitt ... Na ja, so richtig gut gefällt er mir auch nicht. Aber meine Rolle verlangt es eben.«

»Du drehst einen Film ...?« Der Queen quollen fast die Augen aus dem Kopf. »Du bist **FILMSTAR** ...?«

Ferris nickte bescheiden. »Ja, das kann man so sagen. Ich würde mich ja gern noch länger mit dir unterhalten, aber ich muss jetzt weitermachen. In Hollywood legen sie nämlich verdammt viel Wert auf Fitness.«

»Hollywood«, hauchte die Queen ehrfürchtig. »Darüber müssen wir uns unbedingt unterhalten. Ich finde nämlich schon lange, dass wir uns mal treffen sollten. Jetzt, wo wir ja Nachbarn sind. Wäre das in Ordnung, wenn ich heute Nachmittag vorbeischaue? Die Dreharbeiten für deinen Film sind bestimmt wahnsinnig spannend.«

Ferris antwortete nicht. Er tänzelte im Vorgarten herum und boxte abwechselnd mit der einen, dann mit der anderen Pfote in die Luft. Dabei zählte er laut: »Eins-zwei, eins-zwei …!«

»Ahoi!«, rief Otti Knirschke, der sich mittlerweile genug gekratzt hatte, klemmte sich die Queen wieder unter den Arm und machte sich auf zu seinem Traktor, um zu seinem wöchentlichen Frühschoppen zu fahren.

Ferris hob grüßend die Pfote. »Eins-zwei, eins-zwei …«

»Einen schönen Tag, mein Lieber«, hörte er die Queen säuseln. Als er den Kopf drehte, warf sie ihm eine Kusshand zu. »Ich will unbedingt ein Autogramm von dir. Hast du gehört? Unbedingt!«

Nur mit Mühe schaffte es Ferris, ein Grinsen zu unterdrücken. Wie sehr hatte er sich das gewünscht: Die Queen platzte fast vor Bewunderung. Natürlich würde sie sofort ihren Freundinnen davon erzählen. Spätestens am Nachmittag würde jeder im Viertel wissen, dass er ein echter Star geworden war. Er brauchte also möglichst schnell Autogrammkarten. Doch darum konnte sich Rüdiger kümmern. Wozu hatte man schließlich einen Hausmeister? Ihm selbst standen anstrengende Dreharbeiten bevor. Nachdem er sich vergewissert hatte, dass der Traktor mit Otti Knirschke und der Queen nicht mehr zu sehen war, stellte er sofort sein Sportprogramm ein und sprintete in die Villa.

Gerade wollte Ferris die Badezimmertür öffnen, als Jenny-Lou herausschlüpfte, mit roten Augen und ebensolcher Nase.

»Du Ärmste! Das sieht nach einem bösen Schnupfen aus«, sagte er mitfühlend.

»**QUATSCH! ICH HEULE!**«, zischte sie und schlängelte sich an ihm vorbei. »Und du bist schuld daran! Du mit deinen blöden Flöhen!«

»Was soll das denn heißen?«

Jenny-Lou antwortete nicht. Schluchzend rannte sie die Treppe hinunter, geräuschvoll warf sie die Eingangstür hinter sich zu. Ferris zuckte mit den Schultern. Wanderratten, so hatte er schon häufig gehört, waren äußerst kompliziert. »Rüdiger?«, rief er und öffnete die Badezimmertür. Unter einem hellgrünen Schaumberg lag Rüdiger – zumindest konnte man das vermuten. »Rüdiger?«, wiederholte Ferris.

Der Schaumberg wogte hin und her. Dann endlich streckte Rüdiger den Kopf heraus. »Blöde Sache, das mit Jenny-Lou«, meinte er und pustete ein paar Schaumflocken in die Luft. »Aber sie hat natürlich nicht damit gerechnet, dass sie in eine Flohkontrolle kommt.«

»**FLOHKONTROLLE**...?«, fragte Ferris verständnislos. Er hatte sich auf den Klodeckel gesetzt und starrte auf Dannys gelbes T-Shirt, das sich schon wieder in der Waschmaschine  drehte. Wann würde er endlich wieder dort schlafen können? Er seufzte leise.

Rüdiger seufzte ebenfalls. »Seit einiger Zeit gibt es vor Mäusediscos immer wieder strenge Flohkontrollen. Damit soll verhindert werden, dass jemand Flöhe einschleppt. Du weißt doch, diese Biester springen auf alles, was sich bewegt. Gestern Abend wurden Jenny-Lou und Alice und Marlene kontrolliert. Und ...«

»Und?«, fragte Ferris schnell, bevor Rüdiger wieder untertauchen konnte.

»Jenny-Lou hatte sieben Flöhe, Alice zwei und Marlene auch zwei. Damit kamen sie natürlich nicht rein. Aber das ist nicht das Problem. Jenny-Lou hat jetzt Angst, dass sich die Sache herumspricht. Und dann kommt niemand mehr in ihre **MAGIC-MAUS-DISCO** unten im Keller. Das bedeutet, Jenny-Lou kann zumachen und sich einen neuen Job suchen.« Erneut seufzend tauchte Rüdiger unter, schnellte aber gleich wieder in die Höhe. »Meinst du, wir haben auch Flöhe? Ich hab so ein Gefühl, dass es schon überall juckt.«

»Ach was, das bildest du dir nur ein.« Ferris winkte ab, doch seine Gedanken rasten. Was, wenn sie tatsächlich Flöhe hatten? Wenn diese verdammten Biester so schlau gewesen waren, anstatt auf ekliges Klebeband lieber auf sympathische Fellnasen zu springen? Unwillkürlich kratzte er sich am Kinn …

»Siehst du!« Rüdiger stieß einen triumphierenden Laut aus. »Was hab ich gesagt? Wir haben Flöhe!«

»Blödsinn.« Ferris zwang sich, nicht am Kinn zu kratzen, obwohl es mit einem Mal gewaltig juckte. Angenommen, sie hatten tatsächlich Flöhe – und danach sah es wohl aus –, dann konnte er seine Karriere als Filmstar vergessen. Innerhalb weniger Tage würden sich alle Filmleute nur noch kratzen. Und bald würde auch der Letzte kapieren, dass es sich dabei um Flohstiche handelte. Wen würden sie als Erstes verdächtigen? Na klar, im Zweifelsfall war immer der Kater schuld. Sie würden ihn rausschmeißen. Und dann …?

Tschüss Hollywood!, dachte er wütend, als er wortlos aus dem Badezimmer trottete. Er musste in Ruhe nachdenken. Er brauchte dringend einen neuen Plan. Und zwar einen, der funktionierte.

Floh-Alarm

»KA-KA-KA-KATASTROPHE!«

Am liebsten hätte Ferris die Tür zur Dachkammer sofort wieder zugeschlagen. Doch dazu war es jetzt zu spät, denn Uwe hatte ihn bereits entdeckt. Aber es schien sich tatsächlich um eine Katastrophe zu handeln, denn zum ersten Mal überhaupt während seiner Arbeit hatte Uwe den Helm abgelegt und die Sicherheitsweste ausgezogen und neben sich auf den Überseekoffer gelegt.

»Vier!«, rief er Ferris zu. »Eventuell habe ich auch fünf! Ich bin mir nicht ganz sicher. Dabei kommt es jetzt auf absolute Genauigkeit an. Ich zähle lieber noch mal nach.«

»Ach so, deshalb hast du dich ausgezogen.«

»Eher fünf. Ja, ich würde fast sagen, es sind fünf. Kannst du mich mal am Rücken kratzen?« Er stellte sich direkt vor Ferris hin. »Oben rechts! Bitte! Es ist dringend!«

Ferris zögerte. Wo war noch mal rechts? Aber vermutlich war das gar nicht wichtig. Wahrscheinlicher war, dass die Flöhe sowieso überall auf Uwe herumhüpften.

»Bitte«, wiederholte Uwe, um gleich darauf empört aufzuschreien: »**RECHTS** hab ich gesagt! Nicht links!«

»Entschuldige«, murmelte Ferris. »Aber ich war sicher, dass ich dort auch einen Floh gesehen habe … Reicht das jetzt?«

Uwe nickte. »Wenn links auch noch einer ist, dann wären das jetzt schon sechs. Wie viele sind es bei dir? Wenn man ausrechnet, wie schnell sich Flöhe vermehren, dann bin ich in der nächsten Woche schon bei … Halt, Chef, wo willst du hin? Wir müssen darüber reden.«

Ferris blieb zwar an der Tür stehen, winkte aber entnervt ab. Er hatte keine Lust, über Flöhe zu reden. Noch weniger Lust hatte er, Flöhe zu zählen. Genau genommen wollte er das Wort *Floh* am liebsten nie wieder hören. Denn diese Viecher waren anscheinend gerade dabei, seine großartigen Zukunftspläne zu ruinieren.

»Chef! Jetzt sag schon! Wie viele sind es bei dir?«

Ferris zuckte nur mit den Schultern. »Was ist das denn?«, fragte er, um von diesem höchst unerfreulichen Thema abzulenken. Er zeigte hinüber zum Dachbalken, auf dem Rüdiger sonst immer abhing. Dort waren jetzt sechs Blätter angepinnt, vermutlich aus einem Schreibheft gerissen.

Uwe strahlte. Im Nu war er auf den Dachbalken gehüpft und hielt eines der Blätter in die Höhe. »Ich habe sofort für jeden von uns sehr aussagekräftige Flohkurven gezeichnet«, sagte er und rückte den Helm zurecht, den er sich in der Zwischenzeit wieder aufgesetzt hatte. »Hier zum Beispiel«, er tippte mit einem Bleistift auf eines der Blätter, »kannst du genau verfolgen, wie sich der Flohbefall bei Jenny-Lou entwickelt. Momentan hält sie mit sieben Flöhen den Rekord. Ich fertige dann jeden Abend eine aktuelle Verlaufskurve an. Dafür müsst ihr mir natürlich jeden Floh melden. Und hier«, er deutete auf den unteren Teil des Blatts, »trage ich die Anzahl der Stiche ein. Jeder Strich ist ein Stich. Man könnte auch zusätzlich noch dokumentieren, wie stark sie jucken. So, und jetzt brauche ich deine Daten. Wie viele Flöhe?«

»Neun«, schwindelte Ferris, um endlich seine Ruhe zu haben. »Und zwei Stiche. Mittelstark juckend.« Was genauso geschwindelt war, Uwe aber zufrieden nicken ließ.

»Glückwunsch! Damit bist du momentan unser Spitzenreiter«, murmelte er, während er die Zahlen eintrug. »Vergiss nicht, mir sofort Bescheid zu geben, wenn es mehr werden.«

»Aber klar doch«, sagte Ferris und machte, dass er aus der Dachkammer verschwand.

Kopfschüttelnd tappte er die steile Stiege hinunter auf der Suche nach einem ruhigen Plätzchen, wo er ungestört nachdenken konnte. Das Badezimmer war immer noch von Rüdiger belegt. Als er gerade weitertappen wollte, die nächste Treppe hinunter, hörte er im Flur Dannys laute Stimme.

»Rate mal, was ich heute Morgen unter der Dusche entdeckt habe! Mona, sieh dir das mal an.«

Ferris, der vor Neugier platzte, zwängte seinen Kopf durch die Streben des Geländers und spähte nach unten. Danny

stand vor der Wohnzimmer-
tür, hatte seine Hose hochgekrempelt und streckte Mona
sein Bein entgegen. Fragend
starrte sie auf seine behaarte
Wade.

»**STICHE!**«, verkün-
dete er, und es hörte
sich fast so an, als
freue er sich darüber. Mit affenartiger Geschwindigkeit tippte er auf seiner Wade herum. »Hier. Hier.
Hier. Und hier. Alles Flohstiche. Juckt entsetzlich.
Ich kann gar nicht mehr aufhören zu kratzen. Ich
brauche dir ja wohl nicht zu sagen, von wem sie
stammen. Sie können nur von diesem schrecklichen
Kater sein. An deiner Stelle würde ich den sofort
rausschmeißen. Und falls dich meine Meinung interessiert: Wir sollten schleunigst abhauen. Vergiss
den Kater, den brauchen wir nicht. Eine alte Villa als
Drehort finden wir überall.«

»Jetzt beruhig dich mal wieder«, erwiderte Mona.
»Okay, du hast also ein paar Stiche. Das könnten
aber auch Mückenstiche sein. Ich sehe da jedenfalls
keinen Unterschied. Sei so gut und behalt es für

dich. Ich will nicht, dass du mit diesen angeblichen Flohstichen alle verrückt machst.« Sie wandte sich um und öffnete die Wohnzimmertür.

»Ich wollte es dir ja nur gesagt haben.« Schulterzuckend schlurfte Danny hinter Mona her. »Jede Wette, wenn du den ersten Flohstich hast, redest du anders. Dann schmeißt du den Kater nämlich hochkant aus dem Team.«

Einen Stock höher im Treppenhaus hatte Ferris einige Mühe, seinen Kopf aus dem Geländer zu befreien. Endlich hatte er es geschafft und spurtete los. Denn ihm war gerade eingefallen, wie er seine Karriere doch noch retten könnte. Er grinste. Und seine alte Feindin – die Queen – würde ihm dabei helfen. So hatte es schließlich doch noch etwas Gutes, dass sie sich am Morgen so unverfroren bei ihm eingeladen hatte …

Hollywood retten

Wieder einmal platzte er in die Dachkammer, ohne anzuklopfen. »Gut, dass ihr gerade alle da seid. Wir müssen sofort …!«

»Jetzt hab ich mich schon zum dritten Mal verzählt!«, unterbrach ihn Rüdiger ärgerlich. Er drehte sich zu Uwe um. »Ich glaube, es waren vierzehn. Oder fünfzehn. Such es dir aus.«

Das Eichhörnchen schüttelte den Kopf. »So geht das nicht! Dann zähl eben ein viertes Mal. Das kann doch nicht so schwer sein.«

»Bei mir sind es jetzt **FÜNF!**«, rief Alice aus der Hängematte. »Und bei Marlene auch.«

»Na also. Sehr schön«, sagte Uwe und trug zufrieden die Zahlen ein. »Falls jemand von euch gut zusammenzählen kann, rechnen wir heute Abend die Gesamtsumme aus. Ehm, Chef, wie sieht's bei dir aus. Gibt's neue Zahlen?«

»Fünf«, schwindelte Ferris.»Ein Stich. Sehr juckend. Zufrieden?«

»Hochinteressant«, murmelte Uwe.»Dann hast du also genau vier Flöhe verloren. An wen?«

Ferris holte tief Luft. Sich gegen dieses Personal durchzusetzen, war nicht immer einfach.»Das verrate ich dir später«, sagte er.»Zuerst müssen wir ein Problem lösen. Es sieht leider ganz danach aus, als wären ein paar Flöhe auf Danny übergesprungen. Ihr erinnert euch? Das ist der Kerl mit der Pistole, der mich nicht leiden kann. Jetzt versucht er, die Regisseurin zu überreden, in einer anderen Villa weiterzudrehen. Und zwar ohne mich.«

»Dann gehen wir gar nicht nach Hollywood?«, rief Marlene enttäuscht, und Alice fischte in der Hängematte nach einem Taschentuch. Ihr standen bereits Tränen in den Augen.»Wir haben uns schon so darauf gefreut.«

»Doch, doch«, sagte Ferris schnell.»Natürlich gehen wir nach Hollywood. Damit das auch wirklich klappt, habe ich mir einen genialen Plan ausgedacht.

Wichtig ist, dass bis heute Nachmittag niemand von den anderen Filmleuten auch nur einen einzigen Flohstich abkriegt. Deshalb versteckt ihr euch während der Dreharbeiten im Wohnzimmer. Sobald irgendwo ein Floh hüpft, holt ihn euch. Aber bitte total unauffällig.«

Alice schaute ihn zweifelnd an.

»Ja, das ist machbar«, fügte er hinzu. »Bei Dreharbeiten herrscht nämlich ein gewaltiges Chaos.«

Uwe hob die Pfote. »Ich hätte da noch 'ne Frage. Ich sehe also einen Floh, schleiche unauffällig hin … Und dann? Soll ich zu dem Floh sagen: *Komm mit! Du bist verhaftet?*«

»Aber hallo!« Rüdiger wollte sich ausschütten vor Lachen, und auch in der Hängematte wurde heftig gekichert.

Alice flüsterte: »Wir behaupten einfach, wir sind von der **FLOHPOLIZEI**.«

Ferris winkte ab. »Für Flöhe sind Menschen nur die zweitbeste Wahl. Viel appetitlicher ist ein nettes Eichhörnchen oder eine Maus. So schnell könnt ihr gar nicht schauen, wie ein Floh vom Menschen auf euch überspringt. Notfalls helft ihr eben etwas nach. Ich verlasse mich da ganz auf euch. Und jetzt beeilt euch. Ihr müsst vor den anderen im Wohnzimmer sein.«

Ferris stellte sich an die Tür. Nacheinander klatschte er sie ab: Uwe, der als Sicherheitsbeauftragter darauf bestand, zuerst die Lage im Wohnzimmer zu checken. Alice und Marlene, die so aufgeregt waren, als ginge es jetzt schon nach Hollywood. Jenny-Lou, die noch unsicher war, ob sie überhaupt mit nach Amerika kommen würde.»Vielleicht könnte Jonny aus der Villa ein Hotel machen, wenn ihr in Hollywood seid«, überlegte sie laut.»Der Schwalbenweg wäre für Wanderratten eine tolle Unterkunft. Und abends gibt's dann Disco im Keller …«

»Gute Idee«, murmelte Ferris und schielte nervös zu seinem Hausmeister hinüber, der sich gerade seinen Fanschal um den Hals schlang und gut gelaunt vor sich hin pfiff.»Rüdiger, du hast bestimmt noch Schmerzen von deinem Treppensturz. Nimm dir den Tag heute frei und erhol dich erst mal.«

»Schmerzen …?« Rüdiger reckte sich und ließ seine Muskeln spielen.»Aber hallo! Das bisschen Humpeln zählt nicht. Ich fühle mich so fit wie schon lange nicht mehr. Liegt bestimmt daran, dass ich endlich diese bescheuerten Pflaster abgemacht hab. Und schon bin ich wieder der Alte.«

Ferris lachte verlegen. Wie sollte er dem Waschbären möglichst schonend beibringen, dass er für eine geheime Mission wie diese einfach zu groß und zu dick war?

Rüdiger warf ihm einen argwöhnischen Blick zu. »Oder machst du dir Sorgen, ich könnte auffallen? Weil ich so groß und dick bin?« Er lachte. »Weißt du was? Ich werde mich verkleiden. Im Verkleiden bin ich nämlich sehr gut. Erinnerst du dich, dass Otti Knirschke mich nicht erkannt hat, als ich neulich …«

»Darum geht es gar nicht!«, fiel Ferris ihm ins Wort. »Mir wäre es wichtiger, dass jemand mit Verstand hier oben die Stellung hält. Falls irgendwas Unerwartetes passiert. Man weiß ja nie. Da habe ich natürlich sofort an dich gedacht.« Er beugte sich vor und flüsterte ihm ins Ohr: »Was ich dir jetzt verrate, muss aber unter uns bleiben. Ich erwarte heute Nachmittag wichtigen Besuch. **DIE QUEEN!**«

»Die Queen? Warum denn das? Du kannst sie doch nicht leiden.«

»Erklär ich dir später!«, rief Ferris und war schon

auf der Stiege. Er winkte dem verdutzten Rüdiger zu und hoffte, ihm genügend Stoff zum Nachdenken gegeben zu haben. Jetzt musste er sich aber beeilen. Dem Stimmengewirr nach, das aus dem Erdgeschoss nach oben drang, gingen die Dreharbeiten jeden Augenblick los.

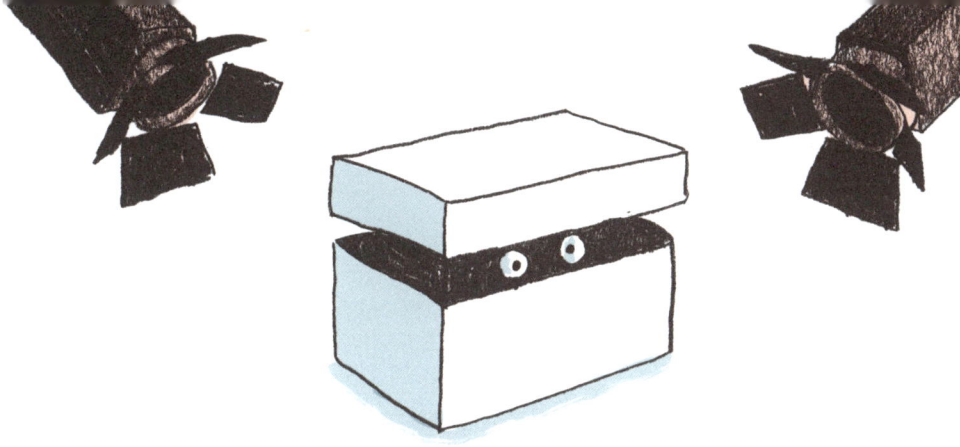

Tarnung

Ferris sprintete die Treppen hinunter, düste den schmalen Flur entlang und wollte gerade die Tür zum Wohnzimmer aufstoßen, als ihm zum Glück noch einfiel, dass er ja ein Star war. Und Stars kamen immer zu spät. Also blieb er stehen, zählte bis dreißig und stolzierte dann so gemächlich in den Raum, wie das ein echter Star auch machte.

Unauffällig blickte er sich im Wohnzimmer um. Wieder wimmelte es nur so von Leuten. Jede Menge Scheinwerfer waren aufgebaut; er fand, es sah schon ziemlich nach Hollywood aus. Am Flügel entdeckte er Danny, der einen Kaffeebecher in den Händen drehte und missmutig vor sich hinstarrte. Neben ihm lehnte Mona und redete gestenreich auf einen

glatzköpfigen Mann ein, der auf einem Klappstuhl saß und pausenlos nickte. Von Uwe und den anderen war nichts zu sehen.

»Hey, da ist er ja!«, hörte er Mathilda rufen. Sie kam auf ihn zugerannt und strahlte, als sie neben ihm in die Hocke ging. »Danny hat behauptet, du wärst ein Streuner und total unzuverlässig. Ich hab dagegen gewettet. Und einen extragroßen Eisbecher gewonnen! Übrigens habe ich mir einen tollen Namen für dich ausgedacht: Monsti. Klingt das nicht total süß?«

Ferris maunzte höflich. **MONSTI** klang in seinen Ohren eindeutig nach Monster und damit alles andere als süß. Aber es war ja nett gemeint von Mathilda. Außerdem hatte er momentan andere Sorgen. Obwohl er ungeheuer scharfe Augen hatte und seit Minuten jeden Quadratmeter des Wohnzimmers scannte, hatte er von seinem Personal noch nichts entdeckt. Wo steckten sie bloß? Oder war da womöglich etwas schiefgelaufen?

Danny schlug ein paar schräge Akkorde auf dem Flügel an, so lange, bis das Gemurmel verebbte, und Mona rief:»Los Leute, fangen wir an! Es gibt übrigens eine kleine Planänderung. Als Erstes drehen wir heute die Szene mit Monsti! Den Namen hat Mathilda unserem Kater gegeben. Wie ich finde, eine ausgezeichnet Wahl. Monsti passt hervorragend zu unserem neuen Star.«

Ein paar Leute applaudierten, und Mona lächelte. »Ich hab mich gestern Abend mal schlau gemacht, was Katzen angeht. Überall steht, sie seien sehr eigenwillig. Deshalb ist es in meinen Augen eine gute

Lösung, wenn Mathilda Monsti ein wenig bei seiner Rolle unterstützt. Ich glaube, zu ihr hat er am meisten Vertrauen.«

»Hoffentlich klappt es!«, rief Mathilda. Es klang ein wenig atemlos. Vielleicht war sie aber auch nur aufgeregt.

Vorsichtig hob sie Ferris hoch. Eigentlich hasste er es, getragen zu werden. Er war schließlich **KEIN BABY** mehr. Außerdem war es reichlich unbequem. Aber bei Mathilda konnte man ja mal eine Ausnahme machen. Zu ihrer Begeisterung schnurrte er sogar. Das lag aber hauptsächlich daran, dass sie direkt auf den Tisch zusteuerten, wo es tatsächlich schon wieder nach Lachshäppchen roch. Am liebsten hätte er sich sofort darauf gestürzt – was ein echter Star natürlich nicht tat. Stattdessen machte er ein Gesicht, als würde ihn wahnsinnig interessieren, was Mona jetzt ausführlich beschrieb: Dass es in dieser Szene um den siebzigsten Geburtstag des Großvaters gehe, für den ein kaltes Buffet aufgebaut sei. Dass dann der Großvater spurlos verschwunden sei. Dass die Familie überall nach ihm suche. Dass die Enkelin plötzlich einen Kater auf dem Tisch entdecke, der Brille und Hut des Großvaters trage …

»Ehm … Wo sind eigentlich die Requisiten?«, rief Mona unvermittelt.

Eine blasse junge Frau sprang auf und begann hektisch in einem der großen grauen Kartons zu wühlen, die neben der Tür standen. »Ich versteh das nicht …« Die Frau zuckte ratlos mit den Schultern. »Ein Karton fehlt.«

Jetzt mischte sich der Glatzköpfige ein, dass es in der Villa vermutlich Gespenster geben würde, einen Monsterkater habe man ja schon. Ein paar Leute lachten. Mona schimpfte, man müsse mit den Requisiten gefälligst sorgsam umgehen.

Ferris, der ohnehin wenig Lust auf Hut und Brille hatte, begutachtete währenddessen in aller Ruhe das Buffet. Eine große Platte voller Lachshäppchen. Daneben leider kein Hering, stattdessen eine weitere Platte mit **MAKRELEN**. Angewidert verzog er das Gesicht. Er erinnerte sich noch gut daran, wie ihm vor Jahren von einer verdorbenen Makrele aus einem Abfalleimer kotzübel geworden war. Ansonsten war das Buffet wieder äußerst erfreulich. Auf einer dreistöckigen Torte entdeckte er sogar eine zentimeterhohe Sahneschicht. Dass aber überall unnütze Dekogegenstände herumstanden, darauf hätte er verzichten können. Eine schwarzweiße Kuh aus Keramik diente als Milchtopf, zwei Pinguine als Salz- und Pfefferstreuer. Daneben sogar noch weitere Salzstreuer, zwei graue Mäuse … Ferris riss die Augen auf. »Alice? Marlene?«, wisperte er ungläubig.

Die beiden rührten sich nicht. Einen Moment lang war er unsicher. War das vielleicht doch nur eine Deko, und er machte sich gerade total lächerlich? Aber da zwinkerten beide ihm zu, und Ferris zwinkerte zurück. »Schon einen Floh entdeckt?«, flüsterte er. Doch genauso gut hätte er die Keramikkuh fragen können. Die beiden Mäuse verzogen keine Miene mehr. Perfekte Tarnung, dachte er anerkennend und kratzte sich zuerst am Hals und dann an beiden Ohren. Anscheinend hatten die Flöhe auch bei ihm zugebissen.

Weil vom Kratzen der Juckreiz jedoch schlimmer wurde, lenkte Ferris sich lieber mit den Lachshäppchen ab. Frisch schmeckten sie nämlich am besten. So entging ihm, dass sich die Wohnzimmertür langsam öffnete. Erst als Mathilda, die gerade nach einem Schokotörtchen griff, überrascht »Ups!« sagte und mit offenem Mund zur Tür starrte, blickte er hoch. Ein grauer Karton mit zwei kleinen Gucklöchern in der Vorderseite humpelte herein.

»Verdammt«, fluchte Ferris leise. Was erlaubte sich Rüdiger? Damit gefährdete er doch die ganze Aktion. Wenn er wenigstens die Löcher groß genug gemacht hätte! So aber steuerte er halb blind geradewegs auf einen Scheinwerfer zu. Ferris kniff die Augen zusammen und wartete auf den großen Knall ... Stattdessen hörte er ein sehr lautes Flüstern: »**KA-KA-KA-KATASTROPHE!**«

Uwe ...? Ferris riss die Augen auf. Die Deckenlampe schwankte heftig. Das musste an Uwe liegen, der bäuchlings auf der Deckenlampe lag und mit dem Fernglas Rüdigers Zickzackweg durchs Zimmer verfolgte. Überraschenderweise bog der Waschbär kurz vor dem Scheinwerfer ab, was sich aber als genauso ungünstig erwies. An einer Teppichfalte

geriet er ins Stolpern, trudelte
ein wenig und kam schließlich
neben dem Flügel zum Stehen.

Mona drehte sich überrascht
um. »Da ist doch unser Karton!«,
rief sie. Ihre Stimme klang erleichtert. »Dann packen wir mal die Sachen
aus.« Mit diesen Worten griff sie zu. Doch so
schnell war Rüdiger nicht bereit, seine Tarnung
aufzugeben. Er machte einen Schritt zurück und
wich dabei erstaunlich geschickt dem Glatzköpfigen
aus. Wodurch er allerdings Danny in die Arme lief,
der ihm den Weg versperrte und mit beiden Händen
den Karton in die Höhe riss. Rüdiger, mit Latzhose,
ausgefranstem Fanschal und jämmerlicher Miene,
blinzelte ins grelle Scheinwerferlicht.

»Ach! Was haben wir denn da?«, fragte Danny.
Die Hände lässig in den Hosentaschen, baute er sich
grinsend vor dem Waschbären auf. Noch immer
schaukelte die Deckenlampe über ihnen wild hin
und her und natürlich fiel das auch Danny auf. Mit
einer Kopfbewegung deutete er nach oben. »Wenn
mich nicht alles täuscht, sitzt da was. Ich schlage
vor, das holen wir jetzt runter, und dann sperren wir

die beiden zusammen ins Badezimmer. Und heute Abend …«

»… ab ins Tierheim!«, fiel Mona ihm ins Wort.

»**TIERHEIM?** Der arme Rüdiger«, wisperte Alice.

»Und der arme Uwe«, ergänzte Marlene. In ihren Augen schimmerte es feucht. Denn alle fürchteten nichts mehr als das Tierheim. Ferris legte ein Lachshäppchen zurück auf die Platte. Ihm war der Appetit gründlich vergangen. Was konnte er nur tun?

Genau in diesem Moment geschahen mehrere erstaunliche Dinge auf einmal: Aus dem Blumentopf auf dem Fensterbrett sprang eine große Ratte mit Rastazöpfchen und schoss quer durchs Zimmer zur Tür. Alle kreischten entsetzt auf. Zwei graue Salzstreuer-Mäuse hüpften vom Tisch und sprinteten hinterher, gefolgt von einem Eichhörnchen mit Helm und Sicherheitsweste, das von der Deckenlampe heruntergesprungen war. Im allgemeinen Schrecken fiel nicht einmal auf, dass der Waschbär eilig aus dem Wohnzimmer humpelte und wütend die Tür hinter sich zuschlug.

Ferris holte tief Luft und griff nach dem gerade eben noch verschmähten Lachshäppchen. Jetzt brauchte er dringend Nervennahrung. Er hatte es sich gerade in den Mund geschoben, als Mona auf den Tisch zusteuerte und den Arm um Mathilda legte. »Tut mir leid für dich, aber sieht ganz danach aus, als würde das heute nichts mehr. Wir besprechen jetzt noch ein paar Dinge für die nächsten Tage und machen dann Schluss. Morgen klappt es bestimmt besser. Bis dahin sind sicher auch Hut und Brille für den Kater wieder aufgetaucht.«

Ferris stöhnte leise auf. Weniger wegen Hut und Brille, obwohl allein schon der Gedanke daran schrecklich war. Vielmehr stöhnte er wegen der beiden Flöhe, die auf Monas Unterarm herumspazierten. In wenigen Minuten würde sie die Stiche spüren. Und natürlich würde sie die richtige Schlussfolgerung ziehen: Dass diese Flöhe nur von ihm stammen konnten. Damit war seine Karriere wohl beendet, noch ehe sie richtig angefangen hatte.

In diesem Moment flog die Tür auf. **»AHOI!«,** rief Otti Knirschke vergnügt und blickte sich neugierig um. »Ahoi!«

Besuch

Erleichtert stellte Ferris fest, dass Otti Knirschke die Queen mitgebracht hatte. Nicht nur sein Nachbar hatte sich für den Besuch in der Villa feingemacht: blau grün karierter Anzug, Einstecktuch und Krawatte mit tanzenden Weihnachtsmännern. Auch die Queen hatte sich herausgeputzt mit falscher dreireihiger Perlenkette, einem goldfarbenen Halsband und ihrem Handtäschchen.

Ferris konnte sich nicht erinnern, dass er sich jemals so über ihr Auftauchen gefreut hatte. Im Gegenteil, meistens sträubte sich sein Fell, wenn er sie auch nur von Weitem sah, denn die Queen war eingebildet, unverschämt und hinterhältig. Einmal hatte sie sogar Alice und Marlene entführt. Doch jetzt war alles anders. Jetzt würde sie seine Karriere retten. Denn die Filmleute würden annehmen, dass jeder einzelne Floh nur von ihr stammte.

»Ich wohne nebenan und heiße Otti Knirschke«, sagte Otti Knirschke. Er nickte den Filmleuten freundlich zu, blickte sich suchend um und setzte dann die Queen auf dem Flügel ab. »Das ist meine Katze. Ist sie nicht wunderschön? Abends singe ich ihr immer ein Schlaflied vor.«

Währenddessen stolzierte die Queen auf und ab, als sei sie ein **MODEL** auf dem Laufsteg. Dabei klimperte sie gekünstelt mit den Augenlidern und schwenkte ununterbrochen ihr Handtäschchen. Schließlich ließ sie sich auf dem Flügel nieder und rekelte sich geziert.

Ferris schüttelte den Kopf. Was sollte dieses dumme Theater? Bildete sie sich ein, sie würde ebenfalls eine Rolle im Film bekommen? Ein Star werden wie er? Oder hatte sie es womöglich sogar auf seine Rolle abgesehen? Lächerlich! Im Gegensatz zu ihm hatte die Queen doch nicht einen Funken Talent.

»Ich habe tatsächlich noch nie eine so schöne Katze gesehen«, sagte Danny bewundernd. »Das ist ein ganz besonderes Tier.«

Empört wollte Ferris protestieren. Doch dann sah er, wie Danny die Queen auf den Arm nahm und sie wenig später an Mona weiterreichte. Mit einem Mal wollten alle die Katze halten.

Jetzt strahlte Ferris vor Freude. Hurra! Sein genialer Floh-Plan ging auf!

»Hatschi, hatschi, hatschi«, machte Danny.

»Psst«, machte Otti Knirschke. »Nicht so laut! Sie verträgt keinen Lärm. Sie ist so sensibel.«

Die Queen **SENSIBEL?** So etwas Lächerliches hatte Ferris noch nie gehört. Verdutzt beobachtete er, wie die Filmcrew sich nun tatsächlich nur noch im Flüsterton unterhielt. Und zwar so leise, dass er trotz gespitzter Ohren kein Wort verstand. Jetzt redeten Mona und der Glatzköpfige auf Mathilda ein, die ununterbrochen den Kopf schüttelte und anscheinend den Tränen nahe war, denn sie schniefte ein paarmal laut und vernehmlich. Währenddessen wurde die Queen immer noch von Arm zu Arm gereicht. Anscheinend wollte ihr jeder mal über das weiße Fell streichen, was sie sich mit hoheitsvoller Miene gefallen ließ. Irgendwann schien es ihr allerdings zu viel zu werden, und sie fauchte den Glatzköpfigen an, der sie vor Schreck fallen ließ. Mit einem dumpfen Geräusch plumpste sie zu Boden, griff nach ihrem Handtäschchen und blickte sich suchend um.

Ferris hob grüßend die Pfote. So viel Freundlichkeit musste jetzt sein, fand er. Mit unbewegtem Gesichtsausdruck stolzierte die Queen mit ihrem Täschchen zu ihm herüber.

»Möchtest du vielleicht einen kleinen Snack?«, fragte er höflich, nachdem sie sich ächzend neben ihn auf den Tisch gewuchtet hatte. »Eigentlich ist das Essen ja nicht für Fremde. Aber du bist selbstverständlich mein Gast. Außerdem gelten für mich als Star gewisse Ausnahmeregeln.« Er deutete auf den Teller mit Makrelen. »Sehr zu empfehlen. Darf ich dir eine reichen?«

Ohne ihn eines Blickes zu würdigen, schob die Queen sich an ihm vorbei. Sie knallte ihr Handtäschchen gegen die Keramikkuh, die prompt umkippte. Ein kleiner Milchsee breitete sich auf dem Tisch aus. Aber da hatte sich die Queen hatte sich bereits auf die Hinterpfoten gestellt und ein paarmal quer über die dreistöckige Sahnetorte geschleckt. Dann machte sie sich gierig über die restlichen Lachshäppchen her.

»Moment, Moment!«, rief Ferris empört. »Du kannst doch nicht so einfach …«

»*Was* kann ich nicht?« Die Queen wandte den Kopf. Ihr Gesicht war mit Sahne verschmiert, und ein paar Lachsfitzelchen hingen in ihren Barthaaren. »Natürlich kann ich das. Die Frage ist doch wohl eher, wie lange *du* das noch kannst.« Sie fischte nach einer Makrele, nahm einen Bissen und schmatzte

vernehmlich. »Nicht übel. Ich freue mich schon so auf jeden einzelnen Drehtag. *Ich* bin jetzt nämlich der neue Filmstar.«

»Du bist was?« Ferris traute seinen Ohren nicht.

Die Queen schob sich den Rest der Makrele in den Mund. »Du hast ganz richtig gehört«, sagte sie schmatzend. »Alle finden mich ja sooooo reizend und sooooo fotogen. Sie haben Otti Knirschke gefragt, ob ich für Filmaufnahmen zur Verfügung stehe. Morgen geht es los. Meine Rolle besteht darin, mit Brille und Hut auf dem Tisch zu sitzen. Es geht um eine Geburtstagsfeier und einen verschwundenen Großvater ... Komische Geschichte, so ganz habe ich sie nicht kapiert. Ich hoffe nur, die Brille steht mir.« Sie lachte perlend. »Na ja, Hauptsache, ich bin endlich ein Star.«

Wie benommen sprang Ferris vom Tisch. Mit hängendem Kopf schlich er an den fröhlich plaudernden Filmleuten vorbei zur Tür. Sein zerzauster Schwanz schleifte im Staub. Alle seine Träume waren mit einem Schlag geplatzt. Die Queen hatte **SEINE ROLLE**. Die Queen war jetzt der Star. Da tröstete es auch nur wenig, dass Mathilda ihm hinterherrannte und flüsterte: »Schade, Monsti. Ich mag die weiße Katze nicht. Mit dir wäre es viel, viel schöner gewesen.« Ferris maunzte leise und rieb sich flüchtig an ihren Beinen. Ganz meine Meinung, dachte er, als sie sich zu ihm herunterbeugte und ihm zärtlich übers Fell strich. In ihren Augen glitzerten Tränen, und am liebsten hätte er ebenfalls geheult. Was er sich aber verkniff, vor allem, weil Danny auftauchte und rief: »Finger weg von dieser Flohschleuder.«

»Danny ist manchmal ein richtiger Idiot«, flüsterte Mathilda. Sie strich Ferris noch einmal übers Fell. Dann wandte sie sich um und ging zurück ins Wohnzimmer.

So traurig wie selten zuvor schlich Ferris die Treppe hinauf.

Katzenjammer

Kein Laut war zu hören, als Ferris die Tür zur Dachkammer öffnete. Wie ein Bild des Jammers hockten sie da: Rüdiger auf seinem Dachbalken. Die Mäuse in der Hängematte. Uwe und Jenny-Lou Rücken an Rücken auf dem umgedrehten Eimer. Die Blätter mit den Flohkurven, von Uwe mit so viel Eifer erstellt, lagen verstreut auf dem Boden. Anscheinend hatte ein Windstoß sie heruntergeweht, und niemand fand es jetzt noch der Mühe wert, sie aufzuheben und wieder anzupinnen. Schwerfällig kletterte Ferris auf den Überseekoffer. Mit einem Mal fühlte er sich schrecklich alt.

Rüdiger war der Erste, der das Schweigen brach. »Chef, tut mir leid. Ich geb ja zu, es war mein Fehler.

Ich hab's grandios verbockt. Aber wenn dieser blöde Teppich keine Falten geworfen hätte … Meine Tarnung war eigentlich perfekt. Theoretisch konnte da überhaupt nichts schiefgehen.«

Jenny-Lou seufzte. »Wenn ich bloß nicht so panisch aus dem Blumentopf gesprungen wäre. Aber ich konnte nicht anders. Direkt über mir hat sich nämlich eine fette Spinne abgeseilt.« Sie schüttelt sich. »Ich leide unter Spinnenangst. Wenn ich mir vorstelle, sie wäre direkt auf meinem Kopf gelandet … **IGITT!**«

»Bei mir war's diese komische Deckenlampe!«, rief Uwe. »Wenn sie nur nicht so schrecklich gewackelt hätte. Ich bin seekrank geworden. Sonst wäre mir kein einziger Floh entgangen. Mit dem Fernglas hatte ich nämlich alles genau im Blick.«

Ferris zwang sich zu einem Lächeln. »Keiner von euch hat Schuld. Und mein Plan war genial. Aber was nützt das alles, wenn das Schicksal es anders will.« Er holte tief Luft und sagte mit Grabesstimme: »Die Queen hat es tatsächlich geschafft, mir meine Rolle zu klauen.«

Einen Augenblick lang herrschte atemlose Stille, dann brach ein Sturm der Entrüstung los.

»Diese blöde Katze!«, piepsten Alice und Marlene so voller Wut, dass ihre Hängematte gefährlich schwankte.

»Man sollte ihr mal gehörig die Meinung sagen!«, polterte Rüdiger.

Uwe nickte pausenlos. »Ja, das sollte man wirklich«, sagte er. »Natürlich nicht sofort. Man müsste das gründlich vorbereiten. Wir wissen ja alle, wie gefährlich sie ist. Aber ich bin dafür, wir sollten das im Auge behalten.«

»UND HOLLYWOOD?«, wollte Alice wissen. »Gehen wir jetzt nicht mehr nach Hollywood?«

Ferris kniff die Lippen zusammen. »Nein«, sagte er schließlich, nachdem Alice ihre Frage wiederholt hatte. »Hollywood können wir vergessen. Weil ich nämlich jetzt kein Star mehr bin. Die Queen geht nach Hollywood.«

»Aber hallo«, seufzte Rüdiger.

Wieder herrschte Stille. Jeder starrte vor sich hin, tief in Gedanken versunken. Irgendwann dämmerte es, wurde Nacht, und schließlich waren sie alle eingeschlafen. Selbst Ferris, der sich mehr schlecht als recht auf dem unbequemen Überseekoffer zusammengerollt hatte. Dabei war er sicher gewesen, dass er in dieser Nacht kein Auge zutun würde. Doch nun träumte er sogar, und zwar von Hollywood. Gerade schritt er auf dem roten Teppich auf die vielen Fans zu, die extra für ihn angereist waren und laut jubelten, als ihn ein Geräusch aufweckte …

Ferris blinzelte schlaftrunken. Es war bereits heller Tag, und er würde gewaltig zu spät zu den Dreharbeiten kommen. Auf eine Katzenwäsche musste er an diesem Morgen wohl verzichten. Mit einem Satz war er an der Tür, düste die Treppen hinunter und sauste ins Wohnzimmer. Erst dort fiel ihm schlagartig sein ganzes Elend wieder ein. Er war überhaupt kein Star mehr! Die Queen hatte seine Rolle geklaut …

»Ich bin total gespannt auf unseren neuen Superstar!«, hörte er Danny im Flur rufen. Irgendetwas fiel polternd zu Boden, und gleich darauf ertönte Monas gedämpfte Stimme: »Psst, gewöhnt euch schon mal dran, leise zu sein. Ihr wisst doch, sie verträgt keinen Lärm.«

Die Filmleute waren also im Anmarsch. Ihnen wollte Ferris auf keinen Fall begegnen. Und erst recht nicht der Queen, deren schadenfrohe Miene er sich nur zu gut vorstellen konnte. Doch das war einfacher gesagt als getan, denn die Schritte kamen rasch näher. Also blieb ihm wieder einmal kein anderer Ausweg, als sich unter dem bodenlangen Tischtuch zu verkriechen, in der Hoffnung, nicht entdeckt zu werden.

Geschirr klapperte, und es duftete so verlockend nach **LACHSHÄPPCHEN,** dass Ferris sich nur mit allergrößter Mühe beherrschen konnte.

»So langsam könnte unser Star auftauchen«, hörte er irgendwann Mona sagen. »Wir sind jetzt schon eine halbe Stunde über der Zeit.«

»Von mir aus kann sie bleiben, wo der Pfeffer wächst.«

Das war Mathildas Stimme. In seinem Versteck unter dem Tisch nickte Ferris begeistert. Eindeutig ein sehr guter Vorschlag. Einen Moment lang träumte er davon, dass die Queen tatsächlich nicht erscheinen würde, aus welchem Grund auch immer. Dann würden die Filmleute ihn bestimmt anflehen, die Rolle wieder zu übernehmen.

Otti Knirschkes vergnügtes »Ahoi!« beendete diesen wunderschönen Tagtraum abrupt. Gedämpfter Applaus ertönte. Die Queen war da.

»Sehr schön«, sagte Mona. »Aber bitte ohne

Perlenkette, Halsband und Handtäschchen. Sie bekommt stattdessen einen Hut und eine Brille.«

Sekunden später war lautes Fauchen zu hören und zeitgleich ein Schrei. »Aua!«, rief Mona. »Ich habe doch nur versucht, ihr den Hut aufzusetzen. Da hat sie mich gekratzt! Seht mal, meine Hand!«

»**ACH WAS!**« Otti Knirschke lachte dröhnend. »Das ist völlig harmlos. Bei meinem ersten Schiffbruch fiel mir ein Mast auf den Kopf. Da floss wirklich Blut, und nicht nur so ein paar Tröpfchen. Anscheinend hat sie keine Lust auf diesen Hut.«

»Aber für die Rolle muss sie ihn tragen.« Mona seufzte vernehmlich. »Und die Brille.«

Erneut war lautes Fauchen zu hören. Anscheinend blieb die Queen bei ihrer Entscheidung, dass ihr Hut und Brille nicht standen.

Ferris fand, dass sich dieser Vormittag sehr interessant entwickelte. Vorsichtig spähte er unter dem Tischtuch hervor. Mona hatte sich eine Papierserviette um ihre rechte Hand gewickelt und wippte nervös auf den Zehen. Neben ihr standen der Kameramann und Danny, der sich hektisch an beiden Unterarmen

kratzte und zwischendurch immer wieder nieste. An der Wand gegenüber lehnte der Glatzköpfige und säuberte sich mit einem Zahnstocher die Fingernägel. Mathilda saß anscheinend am Tisch, denn von ihr konnte Ferris nur die Füße in den roten Sandalen sehen. Und die Queen spazierte mit gelangweilter Miene mittendrin umher. Sie setzte sich mal hier, mal dort hin und schlenkerte dabei lässig mit ihrem Handtäschchen, als wäre sie ein echter Star.

»Okay, von mir aus dann eben mit Perlenkette.« Mona seufzte schon wieder. »Wenn sich die Katze jetzt freundlicherweise auf den Stuhl stellen würde. Die Vorderpfoten bitte auf den Tisch. Sie kann auch gern eins der Lachshäppchen kriegen. Aber bitte nicht alle.«

»Auf den Stuhl stellen? Das mag sie nicht. Warum kann sie nicht einfach so herumlaufen?«, nuschelte Otti Knirschke, der sich heimlich bei den Lachshäppchen bedient hatte.

Niemand antwortete. Gespannt beobachtete Ferris, wie der Glatzköpfige, der bisher kein Wort gesagt hatte, Mona zunickte. Dann ging alles blitzschnell. Mit beiden Händen riss er die Queen hoch. Sie knurrte zähnefletschend und fuhr die Krallen aus, während er vergeblich versuchte, sie mit den Hinterbeinen auf den Stuhl zu drücken.

»**VERDAMMTES VIECH!**«, brüllte er mit hochrotem Kopf. »Sie hat mich gebissen!« Das Gesicht vor Schmerz verzerrt, ließ er sie unsanft auf den Boden plumpsen: »So kann man keinen Film drehen. Diese schreckliche Katze ist komplett unbegabt.«

Ferris nickte. Er fand den Glatzköpfigen ausgesprochen klug. Neugierig schob er sich ein wenig weiter nach vorn. Er wollte keinesfalls irgendetwas

verpassen, jetzt, wo es richtig spannend wurde. Allerdings hatte er nicht damit gerechnet, dass Mathilda sich genau in diesem Moment nach unten beugte. Sie stutzte, schien kurz zu überlegen und zwinkerte ihm dann zu. Ab diesem Moment überstürzten sich die Ereignisse.

Wahrscheinlich war die Queen mittlerweile auf den Tisch gesprungen und hatte sich über die Lachshäppchen hergemacht. Denn Otti Knirschke schimpfte, dass ihr davon bloß wieder schlecht würde. Die Filmleute schimpften ebenfalls, aber aus anderen Gründen.

»IIIIH!«, kreischte Mathilda plötzlich und sprang auf. »Was ist das auf meinem Arm?«

Im Nu umringten sie alle. Plötzlich war es sehr still geworden, nicht einmal mehr Otti Knirschke schimpfte. Lediglich das Schmatzen der Queen war zu hören.

»Ich kann nichts entdecken. Nur einen kleinen Stich«, meinte Mona schließlich und richtete sich wieder auf. »Aber ich habe einen Verdacht.«

Mathilda blickte sie fragend an. »**EIN FLOH?** Es juckt nämlich höllisch.« Zur Bestätigung kratzte sie sich wild am Arm. Und als wäre das ein Signal gewesen, kratzten sich plötzlich alle – auch Ferris, der einen heftigen Juckreiz hinterm Ohr verspürte.

»Alle mal herhören!«, rief der Glatzköpfige. Breitbeinig stand er in der Mitte des Wohnzimmers. »Diese Katze macht bloß Ärger. Bestimmt hat sie ihre Flöhe schon überall im Raum verteilt. Und wir können nicht zusehen, wie Mathilda von ihnen zerstochen wird. Deshalb hauen wir so schnell wie möglich ab. Los, wir packen und suchen uns einen neuen Drehort. Zum Glück gibt's auf dem Land jede Menge alter Häuser, die leerstehen.«

Ohne auf Otti Knirschke zu achten, der lauthals protestierte, fing er an, die Scheinwerfer abzubauen. Was wohl bedeutete, dass die Dreharbeiten in der Villa endgültig beendet waren.

Vergnügt beobachtete Ferris, wie Otti Knirschke mit hängenden Schultern und der Queen unterm Arm abzog. Keine Sekunde später saß er auf dem Tisch und machte sich über die Reste des Buffets her. Viel war es nicht, denn die Queen hatte gewaltig zugeschlagen. Doch zumindest war es ein kleiner Trost dafür, dass es mit seiner Karriere zu Ende war. Dass Hollywood für immer ein Traum bleiben würde.

Als er schließlich sämtliche Teller und Platten sauber abgeleckt hatte, war auch das Wohnzimmer leergeräumt. Bis auf den schweren Flügel, aber der würde bestimmt auch bald abgeholt werden. Noch einmal kontrollierte Ferris, ob nicht irgendwo noch ein Fitzelchen Fisch lag, als er unvermittelt hochgehoben und in eine Metallkiste gezwängt wurde, deren Deckel sich klappernd über ihm schloss.

Entscheidung

Schon oft hatte es in Ferris' langem Katerleben scheinbar aussichtslose Situationen gegeben. Aber eine solche Situation hatte er noch nie erlebt. War das eine **ENTFÜHRUNG?** Laut miauend protestierte er, doch niemand schien ihn zu hören. Er spürte, wie die Kiste emporgehoben, schwankend getragen und dann wieder abgestellt wurde. Kurz darauf startete ein Motor, und holpernd ging es über das Kopfsteinpflaster des Schwalbenwegs.

»Ist er wirklich da drin?«, hörte er Mathilda rufen. Ohne eine Antwort abzuwarten, öffnete sie die Kiste, hob Ferris heraus und setzte ihn neben sich auf die Rückbank des Autos. »Hallo, Monsti«, flüsterte sie und vergrub ihr Gesicht in seinem Fell. »Jetzt bist *du* wieder der Star. Die weiße Katze ist nämlich total blöd und eingebildet, und Mona sieht ein, dass du viel besser bist als sie. Und dass Danny lügt, wenn er behauptet, die Flöhe seien von dir. Jetzt geht der Dreh in einer anderen Villa weiter. Weil in der alten doch ganz viele Flöhe sind. Wow, ich freu mich so, dass du wieder da bist.«

»Sei bloß vorsichtig, Mathilda!«, rief der Glatzköpfige. Er saß auf dem Beifahrersitz neben Mona, hatte sich halb nach hinten gedreht und kratzte sich am Arm. »Garantiert hat er auch Flöhe.«

»Glaub ich nicht«, sagte Mathilda. »Und wenn schon … Wir kaufen ihm ein Flohhalsband. Ehm … Können wir mal halten? Ich muss aufs Klo.«

»Wir sind gleich auf der Autobahn.« Mona ruckelte den Rückspiegel zurecht, um besser nach hinten sehen zu können. »Ich verspreche dir, wir fahren sofort an der ersten Raststätte raus.«

Mathilda nickte, griff nach ihrem Smartphone und tippte wild darauf herum. Ferris hockte neben ihr. In seinem Kopf überschlugen sich die Gedanken. Hurra! Er war wieder dabei! **ER WAR DER STAR** – und nicht die blöde Queen. Es würde also doch noch klappen mit Hollywood. Er schloss die Augen und träumte vor sich hin … von kreischenden Fans, die alle nur ihn sehen wollten, und von einer Queen, die gelb vor Neid war.

Doch plötzlich tauchte ein ganz anderer Traum auf: Von Uwe und Rüdiger, den beiden Mäusen und von Jenny-Lou. Von ihren gemütlichen Abenden in der kleinen Küche. Von seiner Waschmaschine, in der er so gut geschlafen hatte wie niemals zuvor im Leben. Von grandios duftendem Hering in Tomatensoße, der besser schmeckte als alles andere auf der Welt. Ferris seufzte. Das alles würde er in Hollywood schrecklich vermissen.

Mittlerweile hatten sie die Raststätte erreicht. »Bin gleich wieder da!«, rief Mathilda, als das Auto anhielt, und stieg aus. So eilig hatte sie es, dass sie nicht einmal die Autotür hinter sich schloss … Nur eine Tausendstelsekunde musste Ferris überlegen. Dann sprang auch er nach draußen, suchte Deckung im Gebüsch und schlich hinüber in den angrenzenden Wald. Noch eine ganze Weile hörte er, wie nach ihm gerufen wurde. Mathilda klang traurig, Mona empört, der Glatzköpfige eher gleichgültig. Doch irgendwann fuhr das Auto weiter, und Ferris machte sich auf den langen Weg zurück zur Villa.

Der nächste Morgen dämmerte bereits, als Ferris endlich in den Schwalbenweg einbog, mit wundgelaufenen Ballen, müde und hungrig. Aber glücklich, wieder zu Hause zu sein, wo alles so war, wie er es in Erinnerung hatte. Vorsichtig tappte er die Treppe zur Villa hinauf. Die Stufen waren rutschig, denn in der Nacht hatte es geregnet. Leise stieß er die Eingangstür auf.

Still war es im Haus und dunkel. Im Flur lagen ein paar leere Kartons herum; zwei prall gefüllte Müllsäcke lehnten an der Tür zum Wohnzimmer, und an der Garderobe hing ein gelbes T-Shirt mit dem Aufdruck *Big Boss*. Das war alles, was noch

an die Filmleute erinnerte. Ferris tappte weiter, hinüber zur Küche. Und glaubte seinen Augen nicht zu trauen: Alle – Rüdiger, Uwe, Alice, Marlene und sogar Jenny-Lou – hockten mit hängenden Köpfen auf der Eckbank. Er räusperte sich. Alle Köpfe fuhren herum.

»CHE-CHE-CHE-CHEF?«, stotterte Uwe ungläubig. »Bist du das wirklich? Oder bist du ein Gespenst?«

Rüdiger stieß ihn an, rief: »Aber hallo! Das sieht man doch! Das ist der Chef in echt!«

Ferris grinste breit, als alle auf ihn zustürmten, ihn abklatschten und riefen, wie sehr sie sich freuten. Bis auf Jenny-Lou, die ihre Brille hochschob. »Ich bin auch ganz dolle happy!«, rief sie und winkte vom Tisch aus, denn sie hatte sich gerade erst die Krallen frisch lackiert.

»Wir hatten solche Angst, dass wir dich nie wieder sehen«, meinte Marlene und schniefte heftig. »Alice hat nämlich beobachtet, wie sie dich in diese schreckliche Kiste gepackt haben und losgefahren sind. Und dann …«

»Du kannst dir nicht vorstellen, wie den Vormittag über die Wände gezittert haben«, unterbrach Uwe sie. »Bis die Männer schließlich den Flügel wieder nach draußen geschafft hatten. Wir müssen deshalb ganz dringend über Helme reden, als wichtige Sicherheitsmaßnahme, falls nochmals …«

»Machen wir!«, fiel ihm Ferris ins Wort. »Aber nicht jetzt.« Er streckte sich. »Ihr habt euch bestimmt gefragt, weshalb sie mich mitgenommen haben.«

»Weil du der Star bist!«, rief Jenny-Lou. »Mit diesem Fellschnitt siehst du absolut cool aus. Morgen geh ich da noch mal ran. Ich hab auch schon ein paar neue geniale Ideen.«

Ferris schluckte. **AUF GAR KEINEN FALL** würde er Jenny-Lou je wieder an sein Fell lassen. »Zurück zum Thema: Sie haben mich mitgenommen, weil ich einfach der Beste bin. Die Queen ist ja völlig untalentiert. Aus ihr wird niemals ein Star. Außerdem hat sie Flöhe. Also war klar, dass ich wieder engagiert werden sollte. Aber momentan habe ich nicht so richtig Lust auf Hollywood. Das läuft mir ja auch nicht davon. Also habe ich mich für den Schwalbenweg entschieden und bin wieder da.«

Der Morgen verging wie im Flug. Immer wieder musste Ferris von seiner Heldentat erzählen, wie er es geschafft hatte, den langen Weg nach Hause zu finden. Mit jedem Mal wurden die Kilometer, die er zurückgelegt hatte, mehr und mehr und die Abenteuer, die er erlebt hatte, gefährlicher. »Vier äußerst bissige Hunde waren hinter mir her. Aber die habe ich natürlich ausgetrickst«, sagte er und machte sich schmatzend über die nächste Dose Hering in Tomatensoße her. Denn Rüdiger, der beste Hausmeister der Welt, hatte nach dem Auszug der Filmleute darauf bestanden, wieder Ordnung in der Villa zu schaffen. Sie hatten alle Möbel zurück geräumt und dabei den Schlüssel für die Vorratskammer gefunden.

Ferris stieß zufrieden einen Rülpser aus und ließ seinen Blick durch die Küche schweifen. Alles war wieder so wie immer: In der Spüle stapelte sich das schmutzige Geschirr, der Mülleimer quoll über, und auf dem Boden lagen Uwes Nussschalen. Ferris stand auf. »Ich muss jetzt dringend schlafen gehen.« Er war schon an der Tür, als er sich noch einmal umdrehte und sagte: »Übrigens ist mir neulich ein gewaltiger Fehler unterlaufen. Ich hatte gar nicht Geburtstag. Der ist nämlich erst übermorgen.«

Denn bis übermorgen müsste es sein Personal doch schaffen, eine tolle Überraschungsparty für ihn auf die Beine zu stellen. Er lächelte glücklich vor sich hin. Es tat so gut, wieder daheim zu sein.

IRENE ZIMMERMANN lebt in Baden-Baden und ist seit vielen Jahren erfolgreiche Kinder- und Jugendbuchautorin. Von ihren zahlreichen Büchern schafften es mehrere auf die Spiegel-Bestsellerliste. Viele ihrer Bücher wurden übersetzt, u.a. ins Türkische, Italienische, Chinesische und Polnische, insgesamt in 14 Sprachen.

© privat

Auffällige Kennzeichen: Katzenfan und daher beim Schreiben niemals allein. Denn die Fensterbank neben dem Computer gehört einer behaglich schnurrenden Katzendame, die ihren Aussichtsplatz nur verlässt, wenn es Leckerlis gibt.

STEFANIE JESCHKE studierte Visuelle Kommunikation an der Bauhaus-Universität in Weimar.
Seit 2012 arbeitet sie in ihrem eigenen »Atelier für Illustratives« in der Kleinstadt Treuenbrietzen. Dort malt, zeichnet, spinnt und erfindet sie witzige Tierfiguren und was sonst noch so für Kinder- und Jugendbücher gebraucht wird. Ihr kleiner Sohn und ihre noch kleinere Tochter sind die Ersten, die sehen, was sie so täglich zusammenbraut.

© Henrike Hiersig

Auffällige Kennzeichen: Wenn sie nicht gerade fette Katzen und hyperaktive Eichhörnchen zeichnet, ist sie mit ihrer zweiten großen Leidenschaft beschäftigt: ihrem Hühnerhof mit sieben netten Hühnern und einem Hahn. Auf dem Hof wohnt auch Katze Uschi, sie ist allerdings eher ein hageres Beispiel ihrer Spezies.

EIN WEITERES ABENTEUER MIT FERRIS

Ein kuscheliger Schlafplatz in der Waschmaschine, ein Vorrat von 46 Kisten in Tomatensoße und dazu treues Hauspersonal, das er bequem um die Kralle wickeln kann:

Für den faulen Kater Ferris ist das Leben in der verfallenen Villa wieder fast wie im Schlaraffenland. Das lockt natürlich Neider auf den Plan. Und eh Ferris sich die Tomatensoße von den Fingern geleckt hat, sind seine kleinen Diener verschwunden. Sind die beiden Mäuse Marlene und Alice etwa entführt worden? Und wenn ja, von wem? Steckt etwa seine alte Feindin, die Queen, dahinter?

Eine wilde Spurensuche voller Pannen beginnt …